Gaea

Gaea

獵命師傳奇

FateHunter

獵命師傳奇系列【卷二】

九把刀Giddens著

「不可詩意的刀老大」之

超屌的心靈控制

前陣子我在馬路上看美女，一不小心就跟進書店時，看到新書區擺了一本超屌的書，叫「超簡單！你也可以學會超能力！」。作者是匿名的不明人士，但有國際超能力協會、東亞人體潛能開發組織、ISO9700共同背書。

很迷人吧！超能力耶！光聽書名我就快忍不住從腋下噴出火了，特別是有「超簡單」三個字，我想連我這種得了猛暴性懶惰病的人也能輕易上手吧？

沒有第二句話，付了錢，就衝到附近的咖啡店邊看邊學。要知道比別人先學會超能力才有搞頭！總不能人家從腋下噴火你才跟著從腋下噴火吧，既然要從腋下噴火，當然要當第一個。

可惜這本書沒有教人怎麼從腋下噴火，我雖然很氣，但冷靜一想，那種雕蟲小技其實也沒什麼好學的，於是認真從目錄中挑了一項比較上進的超能力「心靈控制」開始學起。難度AAAAA，是被國際超能力協會列為「不可用來把妹」的禁術。

把妹啊……靠，你說禁就禁啊？

就這樣，我開始跟著書裡的步驟，按部就班搞起心靈控制。首先我從比較好控制的對象練習起，於是我挑了一隻流浪狗，拿著從便利商店買來的熱肉包子在牠面前晃啊晃，心中不斷冥想：「快！快來吃！」果不其然，那流浪狗很開心地吃掉肉包子，還溫柔地抱著我的腳抽動了幾下。

心靈控制，果然是，行！

然後我開始試點高難度的。我在捷運上瞪著一個辣妹，瞪到她忍不住也開始回瞪我，正當我們瞪得不可開交的時候，我開始吹氣。是的，我開始往她的臉吹氣，然後心中不斷冥想：「快！賞我一個巴掌！」果不其然，下車時我的臉腫得像豬頭。

心靈控制，果然是，行！

有了成功的經驗，我直接挑戰超硬漢的公權力。我沒有戴安全帽，騎著機車在十字路口繞著指揮交通的警察猛按喇叭，心中不斷冥想：「來啊！來抓我啊！」啊哈！那警察呆呆瞪了我幾眼後，果然吹哨子把我攔下，在我額頭貼上罰單。完全在我掌控之中。

吼！不難嘛！害我又開始懷疑自己是不是那種萬中選一的超能力天才了？歡樂的時間總是過得特別快，又到了時間說掰掰，不打擾你看小說了，我要去夜市練習踹小混混屁股，然後用心靈控制教他跟我好好道歉了。

獵命師傳奇系列【卷二】

目錄

〈霸者橫攔無極處〉之章

第33話

大元朝。

大都城外十里處，鬼殺崗上遼闊的杉樹森林。

夜風吹得猛烈，黯淡的月光在樹海的波濤下起起浮浮，偶爾夜梟在林子裡低嗥而過，除此之外只聽得風的澎湃。

一個魁梧的男人，一隻黑色的貓，各自蹲伏在樹海兩端。

相隔好幾十公尺，久久相視不語。

男人白髮蒼蒼，像閃電一樣盤刺在腦後，與豪爽的白鬍相互輝映。歲月在男人的身上留下了囂張跋扈的印記。

男人穿著寬大的黑色袍子，肩上揹著一把極其特殊的銀槍，槍身細長堅固，槍頭卻是九條張牙舞爪的銀龍，不見慣常的尖刺。

銀龍姿勢各異，或騰或翻，或滾或賁，或亢或悔，或縱或飛，九龍並非輻射四散，而是一種絕不平衡的凶惡擾動。

龍的圖騰在中國一向是高貴的禁忌，即使是馬背上奪天下的蒙古人，也沿襲了中原這一套。在元大都城，平常百姓用錯了，可是要拿頭來賠。

但這男人眉宇間毫不掩飾的狂霸之氣，絕對不下於槍頭上那九頭閃閃發亮的猛龍。

男人雖然在笑，表情卻是出奇的認真。

而黑貓端正坐好，額頭上一條鮮明的白線畫過背脊，直到尾巴整條通白。

黑貓的身子隨著樹海自然的波動微微晃動，並沒有被男人身上隱隱流遶出的霸氣給震懾住。要說黑貓完全承受住霸氣，不如說霸氣直接穿透過牠的身子，絲毫不受影響。

「白線兒，走吧。」男人緩緩說出這句話，語氣中有著藏不住的期待。

要是大家知道有白線兒一同領軍，響應的獵命師一定會多上數倍。

「有時候，分道揚鑣也是一種勇氣。」白線兒搖搖頭，從貓的喉嚨裡說出人語。

本該很詭異的情境，但卻分毫不顯突兀，好像這隻貓會說人話本來就是很正常的事。

空氣中淡淡的哀傷裡，夾雜一股正在膨脹的憤怒。

「也是一種勇氣？有些乍聽很有哲理的話，根本都是強者僞弱的藉口，講得久了，再厲害的人也會變弱。」男人冷笑：「白線兒，你的膽子越活越小，這些年領著忽必烈大軍搗破南朝的氣魄跑哪了？還是，在貓的字典裡，勇氣兩個字的解釋就是逃跑？」

白線兒靜默了一會，似是難以反駁。

論歲數，由於姜公封印在白線兒體內的第一奇命「萬壽無疆」已與牠融爲一體，此時的牠已是一千多歲的老貓，是獵命師中號稱最夢幻的存在。

一千多歲了，不管是什麼都夠資格成精。

樹有樹神，花有花精，石有石妖。一千多歲的貓修煉何其驚人，號稱承襲了姜公七百四十六種術的牠，學會了說人話，根本不足爲奇。

「烏禪，你怎麼看待血族？」白線兒嘆了口氣。

「通通都該去死一死的東西。」男人哼了一聲。

他的名字叫烏禪，獵命師烏氏家族的傳人。

現年，一百二十七歲。

烏禪的身上棲伏著強大的「霸者橫攔」，這狂風暴雨似的命再適合他不過，讓他征戰百年、所向無敵，幾乎沒想過再更換第二種「命」。

「二千多年來，秦漢唐宋元，這塊土地爭戰不斷。但由血族挑起的戰爭，只有十分之一不到。到頭來，還是人類在吞噬人類。」白線兒緩緩說道：「人殺的人，比起血族殺的人，要多上好幾十倍。」

白線兒看著烏禪，牠明白這位親密戰友知道話中的意思。

「哼。」烏禪咧出一抹蒼涼的笑：「這就是你好不容易找出的、可以不跟血族一戰的理由？如果姜公天上有知，一定很想一腳踹翻你這隻臭貓。」

白線兒笑了，眼睛瞇成一條白色的細線。

跟姜公在一起的那段回憶，是牠最快樂的日子。

所以牠不能認同烏禪的話。

「徐福很危險，先不說他的力量已經大得無法想像。」白線兒認真地說：「京都早已是血族的禁臠，就算是一千個獵命師聯手攻進去，生還者也數不過五根手指。」

關於東瀛京都的血族傳說多不勝數，有的傳言甚至荒誕到匪夷所思的地步。

比如說，長著青色怪角的白額虎出沒在寺廟與宮殿上、地下皇城有十幾隻黑色的鱗刺蛟龍看守著，夜晚的天空還可見到巨大的三頭蝙蝠遮擋月色，奇奇怪怪的說法裡全是血族豢養的畸形怪獸。

有人說，那是史前生物；也有人說，那是地獄裡的守門妖；但事實如何，誰也無法肯定。以前膽敢來犯的獵命師與妖殺者，都付出血的代價。

烏禪霍然站起，昂藏的身軀拔起一股凜然的氣。

無數樹葉往上激盪噴飛，銀色的九龍長槍張牙舞爪嗚咽著。

「我不是一千個獵命師，你也不是一千個獵命師。」烏禪瞪著白線兒，字字鏗鏘：「我們兩個加起來，如果還不能直搗地下皇城殺死徐福，這世界上也不會有人辦得到！」

白線兒身子輕輕一震。

不可否認的，烏禪的英雄氣魄總是動搖牠的意志。

「也許，這世界上真的沒有……」白線兒猶疑。

「臭貓！」烏禪怒吼：「當年我們一塊幫助鐵木真，殺得西域血族一蹶不振的豪情壯志，你不會通通忘了罷！」銀槍直指白線兒，強大的氣勁衝出。

白線兒尾巴一甩，直奔而來的氣勁瞬間瓦解，散在空虛之中。

「烏禪，我的朋友。」白線兒痛苦、卻又平靜地說：「活著是一件很讓人舒服的事。我從人的身上學到了滿足，或者是你所鄙視的懦弱。我寧願就這麼平平靜靜地活下去。不再有什麼挑戰，不再有驚心動魄，簡簡單單，就是一隻貓所嚮往擁有的和平。」

烏禪手中的銀槍微微顫抖，怒不可遏。

憤怒的盡頭，就是濃縮再濃縮的傷心。

烏禪並非沒有大腦的武夫，他力邀白線兒並肩作戰，就是對血族盤據的東瀛所蘊藏的危險有充分的認知。他並不多托大。

但除了認知，烏禪還有堅定的覺悟。

白線兒別過頭去，淡淡地說：「烏禪，罷了。沒有人能一直當英雄的。也別……老是強迫一隻貓跟在英雄的旁邊。」

烏禪閉上眼睛，所見的，當然是一片的黑暗。

夜風吹打在鐵鑄般的身上，竟讓他有些搖搖晃晃。

「這世間要美好，就別老是將煩惱攬在自己身上。老朋友，隨時歡迎你找我共赴大漠甘泉。我一直懷念著坐在鐵木眞旁，一起吃著西域葡萄的時光。」白線兒的聲音越來越遠。

漸漸地，黑貓隱沒在樹巔盡頭。

鬼殺崗上只剩下一條巨大又孤獨的身影。

銀色的長槍在天際一驟而逝，憤怒地劈下一道白色閃電。

赫然沖天一聲，聲波的能量吹壓過樹林，直震動到十里外的大都城。

那彷彿不知名遠古怪獸的巨嘯聲，令皇城內三千名禁軍一時大亂，面面相覷。

十天後，那長槍出現，在一望無際的大海上。

第34話

當年蒙古大軍縱橫歐亞七十餘載，殺得西域、南疆吸血鬼聞風喪膽，可偏偏在遠征區區東瀛海島時吃了大癟。

數百艘從南宋手中奪得的堅固戰船，乘載著高昂的戰意，浩浩蕩蕩跨海討伐東瀛血族，船上不管是南宋的降兵或是蒙古精銳，都在隨行的獵命師戰團加持下，充滿一舉殲滅血族總本山的豪情壯志。

這支艦隊，比起當年南宋不降之臣張世傑與陸秀夫共組的海上朝廷，還要強大好幾倍，如果大元朝皇帝忽必烈有意滅掉世界上任何一個國家，這支遠征軍都足以殲毀當時任何的抵抗勢力。

不論在海上，還是在陸地的接觸戰。

但戰運乖違。

第一支遠征軍還沒碰著陸地，就遇到了空前狂猛的颶風，幾乎全軍覆沒。生還者只有寥寥幾艘破船。

這決定戰局的關鍵颶風，被東瀛的歷史記載爲「神風」。颶風過後，在陸地等待這支疲憊之師的，是好整以暇、視死如歸的日本武士。悲慘的結果就不須再提了。

忽必烈並不死心，他的版圖東併西呑，比起老祖宗鐵木眞更具野心。如果能殲滅東瀛血族，他的蓋世功業將達到巔峰。

但第二次遠征時，狂惡的颶風依舊盤踅在大海上，呼嘯起四面八方的巨浪。

縱使是數百艘船的壯盛軍容，在大海上卻像幾個小黑點。

船身不斷劇烈搖晃、甚至被高來高去的巨浪拍得粉碎，久馳大漠的數萬鐵騎與戰馬吐得厲害，連擅長水戰的南宋軍都兩腿發軟，眼睜睜看著珍貴的食物跟淡水一桶桶滑進海裡。

失去了七成的食物跟水，緊接著的，就是昏天暗地的飢餓、痢疾，及故意墮後的臨陣脫逃。

但這一次，號稱最強的烏禪也在船上。

「這風不對勁，已經困住我們整整七天了，船走到哪它跟到哪，天底下沒這個道理，鐵定是徐福那廝召來的！」任歸淋著大雨吼道，右手抓著粗大的船柱繩索。

任歸也是獵命師，以前曾與烏禪對敵多年，但當時兩人只是因爲政治立場不同，必須沙場上見眞章。現在目標一致針對東瀛血族，自然再沒有性命相見的理由。

這場無止盡的風雨，還是仗著隨船的二十多名獵命師用術法強壓下去，否則早就步上第一次遠征軍的死亡後塵。

烏禪站在船首觀察這場風雨已久，宛若岩石打鑿的臉孔並沒有絲毫改變，白色的眉毛下，一雙暗藏虎魄的精目。

要操作大自然，不是不可能。

但要能辦到，卻已是鬼哭神號的力量。

「徐福能有這種本事？他想在海上就將我們通通吞掉？」毛冉嘖聲，咧開掛在長馬臉上的闊嘴笑著。

「光憑徐福一個人是不可能的，絕不可能。」任歸吼道。這匪夷所思的力量背後，一定還有別的原因。

毛冉半裸身子，浴在雨中的身體反射著奇異的光澤。肌肉一塊一塊圓圓的極有彈性，像是強行塞填進骨骼裡似的堅硬，特別的是，整條脊椎骨尖銳地突起，好像隨時會穿破皮膚似的。

毛冉上身比下身要長了將近一倍，因爲身形特異的關係，很自然的，他採取了半蹲臥的姿勢。毛冉只有一隻手，特別粗壯的右手。

他那一族天生就沒有左手。

「食左手族」，是這次遠征軍裡極其可怕的戰力，從南蠻占南城加入的稀有異族。沒有一個戰士膽敢駐足毛冉附近。毛冉在加入遠征軍時跟烏禪說得很清楚，他每天至少要吃掉一個人的左手。但不必特別餵食他，他會自己想辦法。

「怕了嗎？」烏禪哼道。

「怕？怕的人只怕是你吧。別忘了，殺死徐福後，你的左手就得依約躺在我的肚子裡。」毛冉說，露出貪婪的嘴臉，兩條舌頭甩上長長的臉頰。

「那時你還活著的話再說吧。」烏禪應道，不再理會毛冉，手中的巨大銀槍遙遙指著海面遠處。

狂風驟雨中，黑的盡頭，似乎有個高聳入天的龍捲風正吞噬著雨水與電氣，膨脹得越來越大，頃刻間就變成眾人肉眼可辨的巨怪。

這巨怪噴旋著飛電，猶如貪婪的海獸，竟將四周所有的風與浪都捲進自己的風渦裡，使所有的浪嘯成爲自己能量的一部分。

大海的波濤平靜下來，風也歇止住……不，是被遠處那巨大得誇張的龍捲風給強吸了進去。

任誰都看得出來，徐福似乎要將力量集結起來，一鼓作氣滅了遠征軍。

數萬名將士心寒戰慄，他們的戰意經過七天的大風大雨，已被消磨殆盡。

試問，誰能跟龍捲風這種「妖怪」對抗？

烏禪心中感嘆：如果白線兒在就好了，說不準能夠召喚隻敦煌太陽鳥還是什麼大妖怪跟這龍捲風鬥個兩敗俱傷。但烏禪的臉上卻沒洩漏出分毫動搖或遺憾。

眾人信任他的強悍，他也得死命相信這點。

「眞不該來的……」一個年輕的獵命師膽怯地後退一步，心中後悔不已。他原以爲這是場必勝的仗，回歸中原後會有大把金銀與官位等待著他，不料完全錯估了徐福的實力，這片大海就是眾人的葬身之地。

毛冉目露凶光，一個拔身摺起，甲板上立刻炸出十數道血跡。年輕的獵命師慘呼，左手硬是被怪力撕扯下，痛叫得震天價響。消失不見的左手，自然是啣在毛冉的嘴裡。

甲板上的將士不由得退後，毛冉當著斷手之人面前，細嚼慢嚥著血淋淋的左手。

「烏禪，硬闖過去吧，徐福的力量越接近東瀛本土就越強大，這龍捲風這麼大，只怕是陸地近了。」任歸說，已換上了「破軍」一命。

「沒錯，不管有多少人能踏得上陸地，總比窩在海上來得好。」其餘的獵命師紛紛附和。

烏禪莞爾，輕輕揮舞著沉重的銀槍，停住，扛著。

「毛冉，若是吃飽了……」烏禪挖著鼻孔，蹲坐下來。

「知道知道了，就去把那龍捲風給吃了是吧？」毛冉哈哈笑道，嘴裡喀喀作響。

半盞茶後，烏禪命戰船緊緊靠攏在一起，用巨大的金剛鐵鍊拴住，形成海龜昂首之勢，全速朝窮凶極惡的龍捲風前進……

天詛一瞬

命格：天命格

存活：無

徵兆：先天性嚴重畸形兒

特質：傳說乃先天輪迴力加諸在宿主身上，只存在於胎腹中的詛咒力量，胎兒出生，詛咒之氣便登時潰散。

進化：若宿主在胎腹中發生異變，將詛咒力繼續留存於身，此命可能朝兩極突變為「人鬼」、「順手牽陽」、「罪魁禍首」等。

第35話

富士山腰，本栖湖旁山櫸林深處。

清澈的潺潺溪水流進被陽光炙燙的大岩石底，再沁出遠處的岩縫時，已帶著一縷清淡的血意。

幾片岩石底下乍看毫無特異，層層交疊下自成一個天然的洞穴，原本涓細的水聲被半密閉的空間擠壓成巨大的淙淙聲。洞穴只延伸了三十幾公尺就整個呑陷進水底。

黑暗呑沒的岩壁上頭，倒掛著數百隻酣眠的蝙蝠。

烏禪泡在水裡，只露出一張疲憊的臉孔。

烏禪白色的鬍子與頭髮都沾滿了黏稠的血，結成赭紅色的血束，左邊的額骨被利器削落一片，右邊緊臨太陽穴的顱骨則凹陷下去。銀色九龍槍隱隱顫動，方纔不斷釋放的氣力暫時還收止不住。

他嘆了口氣。

有了第一次東征全軍覆沒的教訓，「千年吸血鬼王」徐福的魔力被無限揣測、擴大，令這次東征軍的成立困難重重。肯接受忽必烈檄命的獵命師遽減，許多法力高強著稱的獵命師，如擅長蜘蛛舞的廟老頭、精通鬼引術的陸征明、鑽研無限火雨的高力，以破潮陣為傲的郝一西等等，通通都拒絕參加遠征軍，各自過著競獵奇命、稱霸一方的生活。

更遑論號稱最強的「白線兒」，少了牠，猶如少了天降神兵。

若不是此次隨船的獵命師僅有二十幾名，在東征戰船衝進龍捲風時就不會受到那麼嚴重的折損，也就不至於疲倦的水師一登陸，就被兩萬名日本武士合圍殲滅。自己與毛冉可是極盡驚險、晝夜潛伏才「逃」到富士山腳，身邊再無同伴。

幾乎所有的同伴，都在靠岸後短短一盞茶的時間內死絕，連任歸這種厲害要命的角色，都身中數十箭跪倒，被一名刀法快速絕倫的武士斬下腦袋。

烏禪閉上眼睛，回想削下任歸頭顱的那一刀。

那時任歸正在自己狂掃九龍槍的掩護下，專注地跪在地上用「採魂補體」術療傷，但那持刀的武士竟以無法形容的速度欺近，一刀順勢撥開狂猛的九龍槍，旋即反手、刀光一閃，任歸的鮮血就這麼噴濺在自己臉上。

好快的刀。

如果那一刀不是針對任歸，而是自己的話，不知道自己能否躲過？

血戰時可是大白天，是以那名武士並非血族，而是一個勇武的人類漢子……

不再想了，烏禪睜開眼睛。

論單打獨鬥，他有自信不輸給天底下任何一個人、妖精、怪物，那飛快的一刀，不過是趁著他分神對抗幾十個敵人時，意外產生的結果。

任歸死了，沒有被亂箭射死的夥伴也被亂刀砍死，靠著苦練出的狂霸奇命「霸者橫攔」，烏禪只有怒挺九龍槍，與毛冉奮力衝出武士刀圍陣。

整支遠征軍，最後只剩下兩個戰士。

想到這裡，烏禪悲憤不已。要是那些個個自詡天下無敵的獵命師都能並肩作戰的話，怎麼可能會落到這般田地？

憤怒的力量讓九龍槍開始扭曲變形。

「果然，血族的密道就在下面。」

一顆大腦袋冒出水面，嘴裡、鼻裡吐出水。毛冉。

「多深？」烏禪。

「差不多快要悶死那麼深。」毛冉咧嘴。

「有門嗎？還是只是條隧道？」烏禪。

「有門，鏽得厲害、不算什麼。但我隨手敲了敲，門的後面是實的，所以就算破了門也得繼續潛在水裡，嘿嘿，怕了吧？」毛冉咧笑：「你還知道哪裡有第二條通往皇城的密道嗎？」

烏禪知道，京都底下是另一個黑暗世界，總共有三百七十多條密道，有的互相串接錯綜複雜，有的毫無窒礙直抵皇城，有的早已坍塌荒廢、不被記憶。

密道的數量還在持續增加，膨脹到連血族本身都無法清楚掌握的地步。

而這一條水路，是烏家歷代傳人偷偷挖掘的密道，據烏禪的父親說，這是可以神不知鬼不覺接通距離皇城大殿最近的血族城徑。

「我從來沒想過，殺死徐福是件容易的事。」

烏禪說完，已埋入水中。

毛冉嘿嘿嘿笑了起來。

「這傢伙的左手一定特別好吃。」

毛冉嘴饞道，再度鑽進水裡。

第36話

地下皇城，充滿了中人欲嘔的噁心氣味。

那氣味來自地上黏膩的黑色膠狀物質，還有牆上到處塗開的深紅色痕跡，血族頗具深意在地上刻挖出的小溝渠，塞填了腐爛不完的碎肉與手指。那是沉澱了幾百年積累的屠戮。

隧道的牆上，每隔好幾丈才有一把油火燒著，更增妖異的氣息。

十台手推車喀喀經過，上頭一百多個被當成貨物的嬰兒哇哇啼哭著，血族士兵一邊聊著聽來的港口戰鬥內容，一邊將這些新生兒往皇城核心推去。

「據說敵人幾乎沒有剩下活口，要不，那些有在活動筋骨的戰士的血，一定比這些軟趴趴的嬰孩要甜美得多。」

「是啊，最好是慢慢切開他的大腿，一邊欣賞那些自以爲勇敢的人的嘴臉，再一口一口喝乾他的血，嘻嘻……」

「要吃戰士也輪不到你吃，唉，我們能撿些還沒冷掉的剩菜就很不錯了，就連嬰兒這種好料，我們也吃不起，呸！」

「是啊，聽這些嬰兒一直哭啊一直叫的，肚子好餓啊。說起人啊，就只有嬰兒的肉跟女人胸部的肉可以和著鮮血一起吃進肚子裡，其他的部分都好臭……要我們推著這麼好吃的東西，太難受啦！」

「別提了，上次我忍不住偷吃了一個嬰兒，結果被發現，差點沒被活活打死，咱們還是認份點好，上頭要吃的，一個也不能少。」

「吃吃吃吃，除了吃，好像沒有別的樂子了。以前當人的時候，好像還有趣些，唉，真是無論如何都無法滿足哩……」

這些血族士兵每到一個隧道岔口，就會遇到從其他隧道運來的手推車或囚車。囚車關禁著許多衣不蔽體的人類，有男有女，有的臉色倉皇驚恐，有的兩眼呆滯無神，最多的是渾身戰慄地念佛號，有些體弱的小孩昏昏欲睡地發著高燒，但也沒人分神照顧。

越接近皇城核心，一起推送「食物」的血族士兵越來越多，交談的聲音也就越熱烈，好像嘉年華的氣氛。

「慶祝得挺有氣氛嘛。」毛冉溼淋淋地匍匐在暗處，手裡抓著一個血族守衛的左手啃著，連皮帶骨吃進肚子。

毛冉回頭獰笑。

他背後的十幾丈外，烏禪屏氣凝神跟著，雙手直挺銀槍。

烏禪壓抑自己體內強橫的霸命能量，免得太早被徐福發現行蹤。

兩人從來不曾合作過，卻以最有默契的方式彼此呼應著，不斷深潛進去。毛冉以絕快的身法第一時間毀滅所有敵人，而烏禪則以風化術將屍體徹底滅跡，免得被後頭跟上的敵人發現。

烏禪很感嘆。

□

「食左手族」可說是獵命師的天敵，在他們的食譜裡，獵命師的左手營養價值最高；食左手族認爲吃掉獵命師的左手時，就等同一併將獵命師體內的奇命能量吞進肚子裡，吃啥補啥，改天就可以長出天生缺乏的左手。

而毛冉，身爲食左手族最強的領袖，最想吃掉的，便是最強獵命師烏禪的左手。兩人在占南城初次遭逢，那時食左手族以勢均力敵的強硬姿態與蒙古軍鏖戰，殺了許多效忠忽必烈的獵命師。

而毛冉，最後竟在自己最熟悉的樹林裡被烏禪打敗，但烏禪自己的肋骨也斷了好幾根，九龍銀槍距離毛冉的喉嚨只有一寸。

「滾你的蛋，自以爲是的混帳，我們蒙古軍來占南的目的不是想消滅你們，是去他娘的血族！」烏禪瞪了毛冉一眼，扛起長槍轉頭就走。

從那時候起，毛冉前前後後、大大小小跟他搏命相鬥了二十六次，每次都輸給了烏禪源源不絕的奇術。烏禪相信，毛冉是眞的想殺了他。要不是想藉助毛冉的力量，烏禪也不介意多殺一個食左手族。

而現在，當所有的獵命師都背棄使命時，這個恐怖的敵手竟走在他前面。

□

「吃左手的。」烏禪刻意壓低的聲音。

「幹嘛？」毛冉沒有回頭，專注地嗅著前方的氣味移動。

「當我將長槍釘在那老鬼身上時，咬了我的左手就走吧。」烏禪。

「還用得著你說？」毛冉不屑道。

前方的歡樂聲越來越大，血的氣味也越來越腥、越來越臭。

銀槍上的九條猛龍，精神奕奕地昂揚著。

第37話

「美人，紅色再怎麼漂亮，看久了也會膩啊。」

徐福，渾身赤裸泡在血池裡，懷裡擁抱著日本天皇獻上的絕世美女。

即使過了好久好久，絕世美女仍舊害怕得發抖，她雪白渾圓的奶子被又揉又捏地抓出好幾條血痕，痙攣的下體被塞滿僵硬醜陋的陰莖，也已長達十個時辰。

而徐福這變態的怪物，就這麼持續不斷射精了十個時辰。

血池裡堆滿了嬰兒殘缺不齊的屍體，有的甚至已經褪紫發黑，破出肚子的腸子綑綑散置。活活被吃掉乳房的女人們淒厲慘叫，彼此壓疊交纏、痛不欲生，或被泡在血池裡的徐福拋出，隨興賞給有功的血族武士，當場強姦凌虐。

只要朝血池看過一眼，這輩子就別想再睡好覺。

經過了匪夷所思的海上隔空鬥法，徐福的魔力已消耗殆盡，身心俱疲。連續吃了一千個嬰兒、五百對女人乳房，才勉強恢復了兩成體力。

但不間斷地吃了整整三天，連徐福都吃得好膩，倒盡了胃口，射精也開始停滯了。不射精，懷裡的女人就不再有意義，徐福意興闌珊地掏挖著絕世美女的眼珠子，思索著是不是該好好睡個覺算了。

突然，徐福哆嗦了一下。

「火炎掌的味道？」徐福皺眉，手指閃電掐算。手指停，徐福瞇起眼睛：「有獵命師？食左手族？」

血池底下狂歡的眾血族突然噤聲，面面相覷。

獵命師分子複雜，但大多是東瀛血族的敵人，此番來犯無話可講。但食左手族一向與血族井水不犯河水，何故冒與血族為敵的風險，與獵命師聯手？

「你們不是說，沒有一個活口逃走嗎？」徐福瞪著底下的牙丸諸將，諸將無不戰慄。

「白天的人類將領沒有看清楚，也是……也是有可能的！」為首的牙丸將領跪在地上，心中很不是滋味。白氏一族不在此間，這頓罵全由牙丸一族領下了。

「不若屬下去巡巡，把來犯者給拔了。」另一個好大喜功的牙丸武士起身，手已搭上腰際的刀。

他一起身，十幾個牙丸武士也興致勃勃地站了起來，大家都躍躍欲試。

「還等你？」徐福冷笑。

第38話

烏禪吹熄掌心的殘火。

地上只剩約莫二十幾具變成焦炭的血族守衛，幾只籠子裡的菜人目瞪口呆，全都忘了哭泣。

「都怪你動作不夠快。」烏禪瞪著毛冉。

但就算毛冉再怎麼身形如電，也不可能在不被發現的情況下瞬間殺死二十幾個守衛。最終，兩人只能隱藏行蹤到這裡。

「反正快到了，我嗅到了一隻大妖怪的氣味。臭死了，臭得要命。」毛冉咧開嘴，那一張比常人還要寬闊兩倍的嘴。

牆上的短火炬急速縮小成一線，照映著毛冉巨大的影子赫然拉長。

烏禪眯起眼睛，手中的銀槍不自覺晃動。

「來了。」

烏禪白色閃電般的長髮赫然倒豎，全身的氣瞬間凝聚在槍尖。

黑暗隧道的前方，傳來莫可名狀的恐怖獸吼，那吼叫聲在腔腸似的彎曲深道裡更形妖異、巨大、無法辨識。

獸吼越來越近，數量龐大得不可思議。

「毛冉……退到我後面。」烏禪的瞳孔急速縮小，一滴冷汗自鼻頭墜落地上。

「這世上居然有這種東西！」毛冉瞪大眼睛，一臉不可置信，依言躍到烏禪後方。

尖叫聲此伏彼起，關在木籠子的人全都看清楚了，從隧道前方衝來的野獸，竟是好幾十頭額頭長有青色麟角的白色大虎！

「吼──」

吼聲震動污濁的空氣，懸浮在隧道裡的分子高速激晃。

光是這瞬間的巨吼聲，幾乎足以令所有來犯者魂飛魄散！

「無限！大、火、炎、掌！」烏禪大吼，左掌轟出，筋脈瞬間賁張。

數十頭可稱爲「史前怪獸」的青角大虎張開結實的下顎，白森森的尖長牙齒逼近！

不規則的大火自烏禪左手掌暴射而出，像一隻惡魔的大火手，無限的火焰與高熱狂亂地灌進前方的彎曲隧道，已來到烏禪前方的青角大虎在眨眼間就化爲脆炭，灰飛煙滅。

烏禪瞇起眼睛，劇烈喘氣。

他的左手臂到肩胛已整個烏黑，刺鼻的灰氣不斷冒出。

整條隧道的鑿壁都黑了，有些脆弱的土塊開始剝落崩塌，這「大火炎掌」的驚人能量直達遠遠處看不見的深處。

「喂，你這招很誇張啊。」毛冉張大嘴巴。

要是烏禪拿出這招對付他，他可沒自信躲開。

而籠子裡的菜人們，卻一個個驚恐致死，死狀俱是七孔流血。

「……還沒完呢。」烏禪甩著左手，神色有些無奈。

他瞪著前方，又是一聲無法形容的怪異獸吼傳來。

□

徐福睜開眼睛。

灼熱的氣流從大殿左上方落下，溫撫他蒼白的臉。

徐福抬起頭，連結大殿上方的洞口竟透著紅色的殘光。

「來的人究竟是什麼角色？」一個牙丸武士大駭。

那火焰，不知道是從多遠的地方不斷噴湧過來。

幾個擅長感應氣味與呼吸的牙丸高手面面相覷，他們之中的佼佼者，最大的嗅感範圍到三百多尺，但來襲者顯然還在這個距離之外。

那火焰的能量，竟有如斯可怖。

「再強，也鬥不過自己。」徐福莞爾，再度閉上眼睛。

啵啵啵……血池開始冒泡。

第39話

強風撲面。

「不是吧？」毛冉又張開嘴巴。

「是啊。」烏禪苦笑。

一隻翅膀亂七八糟的怪鳥，從隧道深處飛向烏禪兩人。

怪鳥飛行的姿勢極不平衡，將隧道撞得震動起來。與其說是飛，不如說是一路以高速撞跌過來，還帶著嬰兒與野獸混合的噁心啼哭聲。

怪鳥有好幾顆頭顱，頭顱的臉孔由無數人類嬰兒的面皮拼貼其上，看不清原來的樣子，只露出堅硬的獸喙。而怪鳥的爪子則有七、八對，張牙舞爪地揮動鋼鐵般的翅膀。

鐵翅一掃，勁風吹襲，但無法撼動烏禪兩人半步。

「醜陋的東西！果然是什麼鬼養什麼鬼！」毛冉大叫，與烏禪一齊衝上。

怪鳥巨大的身軀卡住整個隧道，與兩人快速鬥將起來。

怪鳥雖然模樣嚇人，卻遠不是兩人的對手。

肌肉就是力量。

硬碰硬，絕無閃躲的必要，毛冉憑藉著驚人的腕力，快速拔斷好幾顆鳥頭與爪子。綠色的血噴得一身都是。毛冉用最有效率的方式癱瘓怪鳥的戰力。

烏禪面色冷靜，在毛冉接下大多數怪鳥攻擊的掩護下，手中的九龍槍精準地橫劈、直刺，十幾下便將怪鳥的翅膀一一斬斷，鐵片似的翅毛四處散落。

轟咚，怪鳥倒下，痛得狂吼。

「哼。」烏禪收起銀槍，將最後一擊，留給正在積聚肌肉爆發力的毛冉。

毛冉插在地上的雙腳，一貫力，已將腳掌旁的土塊崩剝裂開。

架在毛冉肩上的拳頭散發出強大的氣流，竟有種將四周的影像模糊開來的錯覺。

「破！」

毛冉的身影化作一束狂暴的黑風，一拳衝破怪鳥的肚腹，撕裂怪鳥的背脊鑽出。

這一招，可是毛冉將城牆撞破的純肌肉戰力，一種最原始的暴力形式。

怪鳥終於死亡，但屍體卻憑空消失了。

毛冉瞪大眼睛，渾不可解。

「果然，跟我想的一樣。」烏禪冷笑，看著牆上裂縫不斷鑽出的毒蛇。

那些毒蛇成千上萬，竟魔法般從每一條裂縫中源源不斷爬梭出來，不懷好意地吐出分岔的舌。

五彩斑斕的，還有一股濃重的腥臭。

「什麼意思？」毛冉一族的體質天生不畏任何毒性，但對於這些令人眼花撩亂的毒蛇，卻也感到噁心。

毛冉隨手一抓，幾條毒蛇隨即皮裂身爆而死。

「剛剛那些青角大虎、嬰面怪鳥，還有這些毒蛇，都是徐福那廝在我們心中製造的幻覺，那是鬼的術，以虛幻的魔篡奪眞實的心智，所以籠裡那些人還是被幻覺所噬。」烏禪任憑那些毒蛇漸漸靠近身體，繼續道：「只要心境澄明，那些魔物就不再有意義。不信，你看看這些蛇有沒有影子。」

毒蛇纏爬上烏禪，烏禪不動如山，身形凝立。

毛冉狐疑地瞇起眼，果然，這些毒蛇一點影子都沒有，絕非實物，但將手中黏碎的蛇屍靠在鼻上一聞，還是臭得要命。

「即使知道是假的，還是看得到摸得到啊。」毛冉隨手又是一陣抓，毒蛇血肉紛飛，數量卻越來越多，整個隧道彷彿變成了蛇窟。

幾條毒蛇咬住烏禪的手、腳、頸，但他連吭都沒吭一聲。

他強自壓抑心中的悔恨。

回想起來，那兩場摧毀蒙古大軍的海上颶風，說不定也是徐福製造的集體幻覺。

「……無受想行識，無眼耳鼻舌身意，無色聲香味觸法，無眼界，乃至無意識界，無無明，亦無無明盡……心無罣礙故，無有恐怖，遠離顛倒夢想……」烏禪大膽閉上眼睛，念誦起好友眞苦大師背予他聽過的般若波羅密多心經，藉著經文的含意與音律，讓自己進入「無相」的定境。

「亂念個什麼啊？」毛冉皺眉，不斷揮打虛幻的毒蛇。

毒蛇將烏禪團團裹住，只剩下一個被蛇鱗覆蓋的繭，無數倒勾的尖牙插進烏禪的肉裡。

其實對於這樣的幻術，烏禪並沒有與之對應的咒文去解破，只有不斷說服自己不去相信眼前所見，強自不在意毒蛇的噬咬。

片刻後，毛冉發覺上萬條毒蛇都不見了。

他甚至不清楚那些蛇是怎麼憑空消失的，就這麼一眨眼，就通通不存在。

「真邪門。」毛冉捏緊拳頭，拳心淌著冷汗。這樣的敵人，要怎麼對抗？

卻見烏禪依舊閉著眼睛，不知道幻覺已經消失。

「醒醒！現在不是睡覺的時候。」毛冉拍拍烏禪的腦袋，烏禪這才睜眼，鬆了口氣。

兩人開始疾跑。

既然被徐福發現了，那便速戰速決吧，再無猶豫的本錢。

隧道的前方再度傳來震動，幾十個持刀的厲鬼石像從牆上破出，夾擊快速前行的兩人。

「也是幻覺吧！」毛冉大吼，一個凌厲的踢腿，將劈至眼前的石刀踢碎。

毛冉生性狂暴，他可沒烏禪的定靜功夫，身體對來襲的石像起自然反應，一瞬間又踢毀了好幾個會動的石像。

「沒錯！」烏禪正要閉眼，卻見沒有影子的石像中，竟夾雜著幾許明晃晃的刀光。掃出刀光的敵人，腳下正拖出一片影子。

厲害，眞眞假假！

「毛冉別大意！裡頭有眞的血族！」烏禪狂舞九龍槍，將眞實的武士刀連同虛假石像的石刀一併劈破。

「那就通通幹啦！還分個屁！衝！」毛冉藉著四壁快速跳躍，迂迴前行，單手不斷擊毀想擋住他的石像。

徐福可怕的幻術配合眞實的牙丸武士，那眞假之間已無分辨的空間，烏禪與毛冉並肩作戰，強行在不斷穿出牆壁的厲鬼石像中推進。

既然分辨不及，那就通殺！

烏禪白色閃電般的長髮再度成了一條條的血束，而毛冉拳頭硬敲硬打，竟已微微滲出鮮血。身體一旦相信幻覺加諸的效應，效應就會眞實回饋在身體上。

可是，這兩人對自己剛強身體的信任，遠超過對幻覺的評估。

破！破！破！破！

虛幻的石塊破散又消失，消失又出現，無窮無盡，無盡無窮。

「擋下他！」兩個殿前牙丸武士在地上翻滾，刀鋒急掃烏禪的腳脛。

「擋個屁！」烏禪跳起，九龍槍往下一掃。

兩把武士刀急往上舉，卻被沉重的槍勁砸彎，兩聲慘叫。

毛冉拱起彈丸般的肌肉，硬是令已刺進皮膚裡的五柄武士刀無法繼續往內臟推進，單手橫掃，切斷三顆血頭顱；張嘴大咬，又兩個牙丸武士摀著喉嚨啞啞跪倒。

「九龍殺鬼！」烏禪掃垮兩尊石像，一個大迴身，九龍槍倏然直挺。

槍頭上的九頭銀龍竟活靈活現地幻化出九道飛炫的銀色閃光。

閃光轟然穿透幻覺與真實，石塊飛散，三十幾把武士刀在慘叫中噹噹落地。

「快到啦！」毛冉瞧見隧道的遠處已隱約透著一點晃動的光，而真實的牙丸武士也越來越多，顯然兩人慘烈的推進已逼近終點。

毛冉肌肉緗緊，緗緊，再緗緊，肌肉激烈扯絞的悲鳴。

然後無限爆發！

「破！」

一道快速絕倫的黑影穿梭在厲鬼石像與牙丸武士間，摧枯拉朽地擊毀一切！

幻術生成石像的速度竟慢於石像崩落的速度，無數牙丸武士頓時忘卻呼吸，將臉狠狠貼在溼冷的地面，再也不能動彈。

「終於拿出看家本領啦你！」烏禪右手直挺九龍槍，豪邁大笑間，左掌凌厲前劈，直劈，直劈。

腔腸似的隧道快速滋生出誇張的骷髏頭蜈蚣、巨大的食人花、渾身劇毒的腐屍、黑色的多頭蛟龍等數不清的魔物幻覺；一切一切，都無法阻擋兩人勢如破竹的暴力，飛也似的邁步狂行。

兩人帶著遍體鱗傷，身上插著無數斷折的刀片，大喝，躍出可怕的黑暗密道。

□

徐福躺在血池裡，驟然睜開雙眼，不可置信地抬起頭。

抬起頭。

地下宮殿上壁，兩個越來越大的黑點。

這位兩次將蒙古大軍覆沒於黑海上的血族帝王，脖子仰到最極限。

罕見地，臉上扭曲出難以置信的驚恐表情。

「臭死啦！」毛冉雙腳騰空，看著腳底下的血天皇徐福與殿前武士。

「沒有你們，我照樣到得了這裡！」烏禪暴吼，高高舉起九龍槍。

徐福的瞳孔裡，映著這最後的畫面。

霸者橫攔

命格：情緒格+修煉格

存活：三百年

徵兆：孤獨感，無法言喻的自信。

特質：獨一無二的狂猛無匹，摧枯拉朽的戰鬥氣勢。敵強越強，敵弱則瞬間拔倒。宿主的意志力凌駕一切時，力量猶如山洪爆發。

進化：不明。「霸者橫攔」的前身可能為各種具三百年基礎的「氣勢相關的命格」，但演化的關鍵是最後宿主的人格特質，其差距可稱「突變」，並無法藉由演化形成。所以「霸者橫攔」至少具有六百年以上的能量。

〈天堂地獄〉之章

第40話

東京JR秋葉原車站口，一千兩百家電器商店的聚攏中心，車站前一排排樓高一層的「激安」大招牌加速了這區域的脈動。

烏拉拉坐在麥當勞的四樓，手裡的塑膠湯匙正挖著草莓奶昔。身邊光滑的黑色塑膠揹袋裡，一把安於寂靜的吉他。

一隻黑貓溫文儒雅地坐在旁邊的椅子上，慢條斯理吃著烏拉拉倒在餐盤上的薯條。

兒童遊戲室中的幾個小鬼頭玩得很瘋，男生女生分成了兩國，女生把守溜滑梯上方，靠著幾乎完美的障蔽躲開從下方不斷丟擲上來的塑膠玩具球，而下方的男生儘管身邊滿地都是塑膠球，卻因爲沒有掩體而成爲女生國攻擊的活靶。

高分貝的尖叫聲，兩國都玩得很野，男生步步逼近女生的溜滑梯城堡，儲藏的塑膠球即將用罄的女生開始歇斯底里地大叫。

烏拉拉攪著奶昔，然後慢慢將滿湯匙的草莓糖漿含在嘴裡。

小時候，父親可不允許他跟哥哥玩這種幼稚的遊戲。

男生一國女生一國，始終不如人類對抗吸血鬼的模擬教育，來得正邪對立是非分明可歌可泣。父親好像巴不得他們以光速越過不需要存在的童年，直接變成對抗吸血鬼的可用戰力似的。

哥哥就很符合，嚴肅的父親想要的那種戰士典型。

剛毅、果敢、嫉惡如仇、武功出類拔萃，以及神似父親的那種嚴肅。

幾乎，從來沒有一個獵命師在十歲以下就懂得觀察氣流、分辨周圍人體的體溫。但哥哥七歲時就辦到了，這表示哥哥至少在五歲時對氣功就開了竅，這記錄恐怕是曠古絕今。

大家都說這是烏家優異的血統所影響，長老團對哥哥的期望自是不言而喻。

還記得哥哥九歲生日那天，烏拉拉才六歲。當天，哥哥拎著生平第一個斬殺的吸血鬼腦袋回家，一聲不吭地用塑膠袋包著放在桌上，好像被迫證明些什麼，卻又裝作漫不在意。

那天，烏拉拉看著扭曲的人臉在紅白相間的薄塑膠袋裡瞪大雙眼，血水幾乎要漲破滴下，而哥哥逕自走到院子裡，打開水龍頭清理身上的血漬，還有背上幾道傷口。

然而父親對全族寄予厚望的哥哥，卻始終不表認同。

這點烏拉拉以前老是想不透，尤其，烏拉拉總是從哥哥的眼睛裡，望見父親剛毅的影子。

從前烏拉拉一直認為，哥哥長大了，就會變成像爸爸那樣的人。既然如此，父親為何不能認同下一個自己呢？

後來烏拉拉才知道，那是深切期待的副作用。真正不被認同的，恐怕是被過度放縱的自己。

哥哥很嚴肅，但長他三歲的哥哥總是為烏拉拉保留一片不成熟的空地。

除了拳法、氣功、咒術、馴貓訣、世界歷史眞相考的教學外，哥哥經常違背對父親的承諾，帶著烏拉拉到荒涼的林園鬼屋裡探險、拿著一本破舊的《動植物圖鑑》到河邊胡亂觀察有的沒的。兄弟倆一同用自己發明的方式玩彈珠。

烏拉拉知道，在他出生以前，早熟到主動接受各種獵命師訓練的哥哥完全沒有童年，也所以哥哥沒有辦法教他什麼好玩新奇的事物，而是偷偷帶著他一起去嘗試、體驗、共同發明遊戲。

這些鬼鬼祟祟的歡樂時光不僅彌補了哥哥自己，也是哥哥不想弟弟跟他一樣，讓童年在嚴苛的壓力中溜走。

第41話

烏拉拉七歲，哥哥十歲。

山谷一片乾黃，空氣裡蕭瑟著秋的味道。

微弱的溪水邊，高過成人膝蓋的芒草叢裡。

「哥，我們回去了好不好？再晚爸爸一定會發現的。」烏拉拉不安地說，靠在哥哥的側邊。

「管他的，火炎咒本來就很難，教到那麼晚本來就稀鬆平常，反正到最後你會了就行。」哥哥指著一隻正在監視停在小白花上蝴蝶的青蛙，說：「那隻百分之百就是絕種的跳蛙。」

那青蛙距離他們可遠了，大約有二十大步。

他們的眼睛可比老鷹的銳目。

「你亂講，那隻青蛙只是腿稍微長了點，哪有這麼容易就遇到絕種的動物。而且跳蛙不是生長在美國密西西比河那邊？」烏拉拉蹲著，輕悄悄地說。

「這個世界，有時候荒謬到教你根本沒辦法相信。」哥哥自信十足。

青蛙躍起，舌頭在半空中捲住小蝴蝶。

「你看，那隻跳蛙剛剛那個姿勢，簡直跟書裡畫的一模一樣。」哥哥指著圖鑑上的彩筆素描。

烏拉拉不得不承認，還眞的有八分神似。

兩人繼續蹲在河邊窺伺著大自然萬物，什麼毫不起眼的小動靜都能惹起興趣。

「弟，你以後想做什麼？」哥哥突然開口。

他的手指遙指一隻匍匐在河石上，看起來像長了四隻腳的泥鰍的怪東西。

「當然是獵命師啊。」烏拉拉想都沒想就說了。

有太多太多的理由，他必須是個獵命師，也必須引以爲榮。

哥哥許久都沒有說話。

烏拉拉猜想，哥哥一定認爲那條像泥鰍、卻無緣無故生了四隻腳出來的小怪物，是罕見的娃娃魚。

「弟，想做跟要做是兩回事，要做的做完，就輪到想做的。」哥哥的眼睛眨都沒眨，看著那小怪物：「所以我要先當獵命師，然後，再當生物學家。」

烏拉拉還記得當時哥哥的神情，那麼的篤定，那麼的專注，根本不在意他的掌心雪淨皎白，一絲紋路都沒有。

獵命師天生不配擁有自己的命運。

「我還不知道我想當什麼耶。」烏拉拉天真地說：「反正就先當獵命師啊，當膩了就再說吧。」

長了四腳的泥鰍打了個嗝，滑進水裡。

哥哥拍拍烏拉拉的肩膀，認眞地說：「百分之百，是隻娃娃魚。」

第42話

麥當勞。

烏拉拉幫紳士擦擦不小心沾在長鬍鬚上的鹽粉。

「紳士，哥哥身上的味道又變了，變得更凶、更絕望。他現在一定很不舒服。」烏拉拉捏著紳士雪白的頸子，按摩著。

紳士舒服地瞇起眼睛，享受著烏拉拉的體貼服務。

牠原本是哥哥，烏霆殲的貓。

靈魂足以容下九條命的貓，對獵命師來說是不可或缺的存在。

獵命師一旦捕捉到「命運」，就得用咒語封印在靈貓體內，因爲獵命師的體質對任何命運來說都是非常不穩定的寄宿體，若非用古老的血咒塗在身上，強行將命運的「生命能量」困鎖在體內進行利用，命運在半炷香、甚至更短的時間內就會掙脫離去。

所以獵命師必須找到聰明的貓加以訓練，然後用咒法使貓的「命孔」開竅，讓獵捕到的「命運」儲存進靈貓的體內，需要時再施咒從貓兒身上取出來。有如運用提款機般。

而靈貓經過嚴格的訓練後，鼻子可以嗅到周圍幾公里內的各種奇命，或探知到吸血鬼的存在，端看靈貓的資質。有的靈貓甚至可以嗅聞到方圓十公里內的蛛絲馬跡，並判斷敵人的強弱。

光看一個獵命師的貓，就可以知道那一個獵命師有多優秀。

毋庸置疑，紳士的靈性出類拔萃，不僅因爲哥哥的眼光獨具，還因爲他背負了生物學家的夢想，訓練的方式自有不同。

原本，一頭靈貓一輩子只能與一個獵命師搭配，終生爲之效忠、爲之儲命、與之共生共死。

但在「那件事情」之後，紳士就與自己成爲不可分離的拍檔。

「你想哥嗎？」烏拉拉問。

紳士低著頭，薯條已經吃光光了。

紳士同樣擔憂著被凶焰包圍的哥哥，那晚牠光是從烏拉拉身上嗅到殘留附著的凶氣就渾身不舒服，連毛都豎了起來。

烏拉拉拍拍紳士的肩胛，看著落地窗外熙熙攘攘的人群，購物的購物，笑著吃東西的吃東西，情侶大方地在街上擁吻，五光十色的特效。

這些人，活動在巨大的吸血鬼牢籠裡，卻是如此幸福安逸。

數千年來獵命師與吸血鬼之間的戰爭，究竟有什麼意義？

老祖宗訂下來「絕不妥協」的最高指導原則，表面上鋼鐵般被眾人遵守著，但如果沒有絲毫妥協，今日的獵命師恐怕早已全軍覆沒。

面對吸血鬼的日益強大與根深柢固，獵命師反而像散兵遊勇般的邊緣存在。但也因爲妥協，造成今日獵命師悲慘的、循環的、永無出口的結局。

應該信仰什麼？恐怕連信仰自己也是個大問號。

「走吧，到處逛逛，說不定『朝思暮想』又會發生效用了。」烏拉拉拍拍紳士的背，笑笑：「如果遇到哥，一定要逮住他，逼他聽聽我新作的曲子。」

拎起吉他。

不死凶命

命格：集體格

存活：無

徵兆：周遭至親好友接二連三死於非命，擁擠人群中的滅絕孤獨感。

特質：瘋狂吞噬與宿主有關係人等的生命，不斷剝奪宿主的幸福感，靠此負面能量茁壯。但凶命具有高度靈性，亦為自身的存活法則感到無奈，它唯一的陪伴是宿主的存在，所以會竭力保護宿主，不令死亡。

進化：無，也不可能遭到毀滅。

第43話

淺草，雷門。

數十棟堪稱城市污點的老舊貧民住宅緊緊靠在一起，某間毫不起眼的破公寓單位。

窗戶外可見微弱又不斷閃爍的日光燈管，啪擦、啪擦的，雖然讓人很不舒服，卻根本沒人在意似地放著不管。

桌子上都是代工的塑膠玩偶，零件跟材料胡亂堆放在牆角，故障半開的冰箱裡放著一鍋吃了四天的大雜碎麵，空氣裡飄著腐敗的氣味，漏水的水管裡明顯聽見老鼠的吱吱作響。

彩券被緊緊抓著。

坐在生鏽輪椅上，臃腫婦人的眼中全都是憎恨。

她可以說是全世界最接近幸運女神的人。

尤其，接近了三十一次。

「……我再重複一次，本期的中獎號碼是七、十八、三十三、三十四、六、十三，特別號碼是三十二！希望電視機前面的您手中正握著首獎彩券！」小小的電視機裡，樂透先生字正腔圓重複著彩球箱上排列的號碼，表情愉快。

婦人全身僵硬，牙齒幾乎要被自己咬得崩碎。

八、十七、三十二、三十五、五、十四，婦人手中的希望，與樂透頭彩看似毫無關係，但只要將數字增減一位，她就是上天眷顧的幸運兒。

這種惡魔玩笑式的巧合，已無情又難堪地折磨了婦人三十一次，不管她如何省錢加碼買彩券、如何將中意的號碼加加減減、再三推敲琢磨，最後出爐的號碼一定與她擦身而過。

三十一次。

所以絕對是故意的。

老天爺存心讓她難堪、擺明了嘲諷她、詛咒她。

「我果然是世界上最不幸的人嗎？我是最沒有資格擁有幸運的人嗎？我到底做了什麼事！什麼人有資格這樣玩弄我！」婦人大怒，將彩券撕得粉碎，張口將彩券碎片吞進肚子裡。

小小的老舊電視畫面早已換成東京地方新聞的播報，一個在公園廁所撿到五百萬卻拾金不昧的老歐巴桑和藹可親地接受記者的訪問。

婦人的憎恨還在急速增幅中。

新聞中報導的公廁就在她家附近，歐巴桑撿到鉅款的時間依稀是婦人下午買彩券經過公園的時候。當時的她有些尿急，於是張望了角落的公廁一下，但隨即打消念頭。那公廁的殘障坡道被一堆狗糞擋住了。

如果她的輪椅碾過狗糞如廁，撿到鉅款的就會是她。

但她已經哭不出來了，哭是委屈的人才會有的情緒，然而她只有無窮無盡的憤怒。

七年前，婦人與好友一同喝醉酒、嘻嘻哈哈過馬路，一輛闖紅燈的凱迪拉克與一輛超速的垃圾車同時撞上他們。

天壤之別的是，在幾聲尖叫與輪胎高速摩擦聲後，凱迪拉克將她朋友撞倒在路旁，她則被垃圾車撞上了天。最後，她的好友只被撞傷了小腿，但凱迪拉克的大企業家駕駛居然娶了她作爲甜蜜的補償，從此嫁入豪門去。

「很抱歉，請妳簽下手術同意書，我們必須將妳的腿從膝蓋以下切除。」

然而被垃圾車撞飛的她，休克後再度醒來時，只聽見醫生殘酷又冰冷的嘆息。

於是婦人兩條腿慘遭截肢、這輩子註定與輪椅相依爲命。但倒楣的她卻只獲得比醫藥費多一點的賠償，還要揹上被垃圾車撞掉雙腿的臭名。

這僅僅是冰山一角。

小學、中學、職校時，每次編排座位，不論是抽籤或是按照身高安排，她與心儀的男生都恰恰差了一個座位，中間將他們隔開的位置，總是被白馬王子最後選擇交往的甜美女孩佔據。令她既扼腕又飽受失戀之苦。

每一次，只要排很長很長的隊伍看熱門的電影、或演唱會、或球賽，好不容易輪到她來到售票口前，票一定正好賣得精光。

政府新發放的青年殘障人士就業補助金，她只因爲出生早了一天，就落得一毛錢的補貼都沒有，只能靠做點簡單的家庭手工勉強度日。

去年與拾荒的不成材丈夫結婚，成天被毆打、被當成母狗被性虐待，正當她暗夜哭泣大嘆所遇非人時，她的丈夫竟意外墜樓死亡。她又驚又喜，因爲她知道丈夫有一筆鉅額的人壽保險，於是滿心期待新的人生；不料保險公司惡性倒閉，政府又不予接手支援，婦人再度兩手空空，心情鬱悶地自殺了兩次。

最後，上個月連續犯下八起強姦案的色狼在暗巷手持藍波刀逮住她，對她殘暴性侵害後不到十秒、正穿上褲子獰笑時，社區巡警就發現他的惡行、亂棍將他制服，而她只能躺在醉漢的嘔吐物中大哭。

這輩子，她絕對與幸運無緣，儘管幸運與她之間只有一條細線那麼近的距離，但那一毫一厘之差卻註定了同極磁力相斥的關係。靠得越近，抗拒的力量就顯得越諷刺。

然後，婦人這個月的吃飯錢全都砸在剛剛撕碎的彩券上。

「誰來將我殺死啊！誰來將我殺死啊！」婦人大吼，在牆壁後水管裡爬梭的巨大老鼠嚇得不敢亂動。

□

踏。

踏踏。

踏踏踏踏踏踏。

黑色的膠鞋狂暴地在淺草城市的夜空中奔跑，每一步都充滿難以克制的殺氣與惡意，以凶猛的氣勢、與無法阻擋的速度接近不幸的婦人。

那雙惡魔般的眼睛。

□

「殺死我啊！誰幫幫忙殺死我啊！殺死毫無人性的老天爺啊！」

婦人齜牙咧嘴咒罵著，牆上傳來鄰人抗議噪音的拍擊聲。

□

靜靜地。以守株待兔之姿，黃雀在後之心，蹲踞在鄰近天台上的眼睛，靈活地一眨一眨，閃爍著連狐狸也以難以企及的狡詐。

他已經將全身的氣息褪去，連「命」都不留。

手掌潔淨無瑕，但這完全不影響到這位年輕男子的信心。

「烏霆殲，走火入魔的烏家傳人，被廢了一隻手後倒是另闢蹊徑。」

神采奕奕的年輕男子看著被凶焰團團包圍的黑影、如強弩般自城市的另一端狂猛奔向婦人所居的貧民區。

年輕男子自言自語：「果然是傳說中的不世天才，跟我不相上下。」

□

「老天爺又怎樣！別以爲你可以永遠捉弄我！我死了以後你還能拿我如何！我絕對不會屈服在你的惡意作踐之下！」

婦人對著窗外咆哮，從凌亂的抽屜中拿出一把厚大的塑膠柄剪刀。

鄰人抗議的拍擊聲更猛烈了。

□

踏踏踏踏踏踏。

落雷般的踏步聲。

「死婆娘！」黑影的額頭快裂開了，喃喃自語：「要自殺不如讓我來動手！妳可別把事情搞複雜了！」

握拳。

一踏步。

腳底下的水塔鋼桶凹陷崩裂、大量儲水頓時爆開。

這一借力，黑影自頂樓高高落下，直到硬停在第四樓的陽台。

黑影隔著窗口看著電視機前的婦人。

□

婦人的剪刀早了幾秒，插進自己的頸子裡，鮮血漿了一地。

兩眼透著迷惘，她還以爲站在窗口後的恐怖黑影正是來自地獄的死神，正要鍊鎖她的靈魂去地獄受苦。

「臭三八。」黑影大怒，凶焰暴漲。

眼前的窗戶玻璃應聲震碎。

□

「運氣眞差，那也很正常。」

蹲踞在隔壁天台觀察一切的年輕男子微笑，說：「也不看看你自己現在的倒楣樣，被凶氣團團包圍住，遲早自食惡果，永生永世不得翻身。沒看過這麼傻的獵命師。」摸著身旁深紅色的靈貓。

一人一貓，輕悄悄地躍下。

第44話

獵命師的世界裡，充滿中國歷朝歷代相同的、最有傳統的各種制度。

是倫理嚴明，是長幼有序。老人的話比什麼都還要重要，對年輕的獵命師來說，長老團與長老護法猶如神明般的存在，他們的隻字片語都是備受尊崇的鐵律。

但，獵命師的世界裡同樣存在著一點點例外。

一個公認的天才，各方面都達到頂尖的好手，無論在什麼世界裡都會獲得與他實力相提並論的尊敬。

即使他很年輕。

年輕如風宇。

□

「混帳！看你跑哪裡去！」黑影閉上眼睛，鼻子像鬃狗般抽動。

並不遠。

那傢伙，名爲「天堂地獄」的五百年凶命，它還在錯亂自己被宿主拋棄的命運，跌跌撞撞懵懵懂懂的，往下滲透入地板、慢慢墜落……

黑影腳底凝氣、驟放，磨石子地板劈劈啵啵嘶咬開七、八條大縫，自殺婦人的鮮血都浸入地板，整個房間詭異至極。

黑影大喝一聲，地板整個碎開，黑影強行往樓下追蹤「天堂地獄」！

匡啷！匡啷！

黑影連同天花板的破石塊墜到三樓，渾不理會一對正在看電視連續劇的驚恐老夫婦，專注嗅著「天堂地獄」令人絕望不已的氣味。

細碎的石灰粉在空氣中飄浮蔓延。

黑影感覺到「天堂地獄」的速度加快了，移動的軌跡變得很怪異、不確定。

它知道黑影在追獵它。

「嘿嘿嘿嘿，你也懂得害怕？」黑影依稀辨認出「天堂地獄」大致上還是往下逃

竄，乾脆一翻身，往下揮出一掌直接將地板轟然打穿、然後再打穿！

一樓！

「天堂地獄」開始往左奔逃！

黑影大笑：「好啊！看是你快還是我快！」

大笑間又連續打穿兩道水泥牆，身影穿梭在幾戶倒楣的貧戶間，牆壁被怪力貫穿的巨大聲響，嚇得許多住戶紛紛開門察看究竟發生了什麼事。

「天堂地獄」忽然往上暴衝！

目瞪口呆的貧民住戶們看著一道模糊不清的黑影，像逆射的隕石般往上衝破走廊的天花板，然後大塊石板落下！

「天啊，那是什麼怪物？」一個竊居在此的遊民揉揉眼睛。

「那不是人啊……」老態龍鍾的婆婆顫抖。

黑影不知貫破幾面牆、嚇壞多少無知的住戶，此時他已經來到第七層樓，與「天堂地獄」只差半個走廊的距離。

「天堂地獄」不愧是吸取宿者踩在生命懸絲上，既惶恐又期待乃至崩潰的情緒能量。

依照古文獻，「天堂地獄」是個生成期高達五個世紀的老凶命，雖然甫被宿主拋棄，但第一時間沒被逮到的它隨即重振旗鼓，漸漸以不可思議的能量和意志力，在貧民窟裡與瘋狂的黑影展開生死追逐。

一旦它被黑影或任何獵命師逮到、若遭到封印，它就會因爲無法繼續進食宿主的能量而停滯生長，從此便無力百尺竿頭更進一步、進化成更凶厄的怪命，乃至蛻變成妖！

所以它必須逃，逃出黑影的監視範圍，重新找個倒楣鬼寄宿，繼續它的修煉之路，有朝一日終能幻化成形。

走廊，近乎直線的最佳距離。

一人一命都快如疾風！

「沒用的！我比你還凶啊！」黑影狂暴大笑。

黑影的笑聲讓脆弱的貧民窟震動起來。

大踏步！

黑影嘴巴張開！張開！

張開到整個下顎幾乎像蛇口一樣，脫離了正常的骨骼極限！

無形的「天堂地獄」緊張地縮成一小團，倏然穿透走廊右邊的木板門。

黑影像頭失控的野獸跟著撞了進去，大嘴凶然咬下，卻只見破碎的木屑被他咬爛。

沒吞到。

但「天堂地獄」卻消失了，一點氣味都沒有剩下。

黑影有些許錯愕，但隨即冷靜下來。

因為他看見一張散發同類氣息的陌生面孔，跟一頭毛如烈火的紅貓。

這樣的搭配再熟悉不過。

第45話

「很驚訝嗎？或許你想稱讚我的獵命術神乎其技，烏前輩？」風宇穿著麂皮長大衣，溫文儒雅地笑道。

紅貓「岩漿」則瞇起眼睛，毛都豎了起來。

像風宇這類的人，越是表現得溫文儒雅，黑影就越覺得噁心。

但除了兩個人外，他的確沒見過任何一個獵命師，能夠在一眨眼之間將「命」獵捕並轉錄到自己身上，然後再儲存到九命靈貓的體內，再從九命靈貓的體內轉錄出可供戰鬥的「命」於自己身上，最後完成將「命」封印在自己體內的血咒結界。

總共有四個動作。

這四個標準的、不能有絲毫失誤的獵命流程，風宇只用了不到一秒的時間，速度是一般獵命師的幾十倍，如果用在戰鬥上，絕對能獲得壓倒性的勝利。這已經不是天才兩個字所能夠形容，而是令人不寒而慄的怪物。

但黑影完全不認識風宇，顯然風宇年輕得不得了。

「你最好知道你在做什麼，如果不想我吃了你的貓，就將『天堂地獄』吐出來！」黑影面目猙獰。

兩人之間的距離只有無法喘息的三個箭步。

「晚輩知道打不過烏前輩，至少就目前而言。所以前輩不需要擔心被晚輩擒回去接受祖宗家法這樣有失顏面的事發生。」風宇笑得很有風度，很有風度到刻意的地步：「但是前輩的風範教晚輩景仰，撥點時間指點晚輩一番對前輩來說也是責無旁貸，厚顏討教了。」

黑影瞪著風宇，瞪著風宇手指間的鋼鐵扣環，十個扣環中間都有一條肉眼無法察覺的鋼琴線。

而風宇掌心的氣味，則是佳命「千眼萬雨」的低鳴。

「走，岩漿，回到長老護法那裡，告訴他們我玩完隨後就到。」風宇彬彬有禮，輕輕張開銀銀發亮的十根修長手指頭。

玩完？

「『千眼萬雨』跟自信一點狗屁關係也沒，可見你天生就是個欠揍的人。」黑影突然間很想殺人，將眼前這個目中無人的僞君子「後輩」撕成一條條的肉塊。

唯一的拳頭捏緊，脖子咯咯扭動，發出警告的恐怖關節聲。

黑影的身上，燎亂著莫可名狀的黑焰。

岩漿自顧一溜煙跑走。

風宇微笑，優雅踏步向前。

出手！

五條銀色細線如蜘蛛吐絲朝黑影射出，另五條細線則畫成一道美麗的弧線將黑影的去路封死。

「多慮！」黑影大怒，右手刀破空一斬，一道繚繞著凶焰的氣刃掙破了擋在前面的鋼琴線，餘勁還直撲風宇的笑臉。

風宇早就料到這一擊不可能成功，行有餘力地避開焦臭的氣刃，雙手銀絲快速盤繞護住自己，腳步踏著五行八卦與黑影遊走纏鬥。

光是剛剛這一交手，風宇就知道自己與黑影之間的懸殊差距。

但這只不過是目前的狀況。

獵命師之間的勝負，可不是套用強弱的算式就能說得明白。

「我的名字叫風宇。」風宇驚險地避開黑影接二連三毫無間斷的氣刃連斬，雖然大衣、長褲早就被割得亂七八糟，但他在生死交關之際仍不忘自我介紹。

「我不記死人的名字！跟幫你立碑的人說罷！」黑影突然右腳如鞭甩出，一道暴射出去的黑火好像活物噴捲向風宇。

風宇冷不妨被掃斷兩根肋骨，還重重撞上身後梁柱，但他隨即拾起地上的大衣破片、運氣成塊擲向黑影，勉強在片刻間將情勢再度穩住。

風宇以優異的戰鬥天資彌補了經驗上的不足，「千眼萬雨」的生命能量也許最適合擅長臨機應變的他。

然而黑影的「火勢」與武功實在太可怕，就連風宇也無法看清楚他被凶焰團團包圍的面孔以及出手的精細角度。烏家不愧是獵命師操作火炎咒的最大家，火焰加附在每一招每一式上，變得連擅長防禦近距離攻擊的「千眼萬雨」都無法招架。

漸漸地，風宇連黑影出手的速度快慢也辨識不清，背脊被火刀砍了一掌，左臉頰被擦過一拳，身上的大衣完全被凶焰吹散，呼吸在灼熱的場域中開始遲緩困難。

但，這些風宇都料到了。

所以他抱持的是「戲耍」的拖延戰術，只要讓岩漿逃走，這次的行動就可稱成功。附加的，只是摸清自己與被激怒的黑影間的實力差距、體驗黑影的「強」、看看自己能夠撐多久……

以及讓黑影記住自己的名字。

如此而已。

所以風宇完全不感氣餒，反而覺得自己很了不起。

這樣的心態在戰鬥中非常重要，尤其是在兩名獵命師間的生死之搏。風宇全心全意求「在巧妙的防守中試著攻擊」，而非「挫敗對方得到勝利」。

反之，抓狂的黑影身形如奔雷，但遇上削鐵如泥、兼又灌注內力的特製鋼琴線不斷朝自己噴出，速度不禁大幅減退。

無法以壓倒性的實力取得勝利，黑影的心逐漸煩躁，看見風宇泥鰍般閃過大部分的攻擊，更無法克制心中的不滿。

「你這烏龜蛋！」黑影在漫天飛舞的鋼琴線中翻滾，他意識到風宇的微弱攻擊不是全然落空，而是精巧的佈局。

風宇左手拋出銳利的鋼琴線攻擊黑影時，右手就會拋出同樣的鋼琴線封住黑影的「逃逸去路」，反之，若風宇右手負責攻擊時，左手就會封死另一端的去路。但以黑影驕傲的個性，他絕不理會所謂被封住的、需要閃避的去路，也因此黑影只斬斷來襲的細線，卻留下了四面八方無所不在的琴線，後果竟是讓自己的身手更受制肘。

「前輩誇獎了，晚輩只是獻醜。」風宇再度硬擋下黑影的瘋狂七連踢。

黑影這七連踢具備七個角度、七種速度、七股力道，硬吃下攻擊的風宇又斷了兩根肋骨，還被踢中右肩，差點舉不起手來。

那無所不在的鋼琴線不只限制了黑影的行動，也反噬了風宇自己，許多攻擊都無法閃開、必須硬格住。這也測試了黑影的怪力，以及自己硬氣功防禦力承受的極限。

「跟預料的一模一樣，前輩，這次就一比零吧。」風宇吐出一口鮮血，全身百穴像長了眼睛般，迅速滑出鋼琴線滿布的對戰區域，完全沒有被割傷，還兼在半空中，用皮鞋底下的機關射出兩團圓球。

黑影感到不對勁，全身凶焰大起，衝上前！

兩團銀色的圓球炸開，銳利的鋼琴線朝一百多個方向射開！

「別想逃！」黑影在半空中高速不規則旋轉護身，憤怒地大吼。

黑影單膝落地，地上全是如雨滴噴落的黑色灼熱血液。

黑影的眼珠子快要爆開，額頭幾乎要裂成兩半。

風宇得意地逃走，還成功獵走了對他極爲重要的「天堂地獄」。

「不可原諒……」黑影氣極：「全都是一群膽小鬼，膽小鬼！」

□

第二天，日本政府厚生省通過了擴大殘障生活救濟金的適用範圍。

第三天，淺草傳出消息，財團大量收購土地，地價一路飆漲數倍，雷門一地的貧民住宅區全數被財團以破天荒的高價收購改建，並分配原住戶日後的住宅單位。

天堂地獄，一線之隔。

天堂地獄

命格：機率格

存活：五百年

徵兆：與幸運或災厄差之毫釐。手中拿著劃有頭彩號碼的彩券卻趕不上最後投注時間，或是因睡過頭沒趕上最後失事的班機。站在天堂的一端或墜進地獄的那一頭，端看宿主的執念，或是「天堂地獄」的隨機擺盪。

特質：能量非常巨大的「天堂地獄」，將幾乎無法掌握的超變動因素傾注在賽局裡，使宿主因太過大意而驟然輸掉，或慨然面對失敗之際卻突如其來地獲勝。適合實力微薄的人傾力豪賭。

進化：千驚萬喜，山窮水盡。

第46話

神田古書店街，夾在二手漫畫書店間的中華餐館，二樓，獵命師的祕密集會所。

一隻火紅的貓兒端坐在蒲團上，舔著尖銳的爪子。

最年邁的孫超與王婆盤坐在書房木椅上，最資淺的小樓、鎖木、書恩三人恭敬地站在兩列，身上都還裹著散發奇怪氣味的傷藥。

一個戴著綠色太陽眼鏡的中年男子蹺著二郎腿、躺在書房的懸梁上。男子一頭雜亂的綠色鬈髮，不在意地抽著菸，還直接將菸蒂往下彈落。

菸蒂全都落在底下一個光頭女人的腦瓜子上，但她似乎不以爲意，眼神有些呆滯。

光頭女人的腦袋倒也不是眞的光得一乾二淨，頭皮上刺著一隻令人毛骨悚然的大蜘蛛，蜘蛛毛茸茸的腳像是緊緊抓住她的眼耳口鼻，仔細一瞧，那逼眞的蜘蛛刺青是由細碎精緻的咒文爬梭而成。

而風宇，就坐在紅貓「岩漿」的一旁，與光頭女子相隔只有半隻手臂的距離。

「不愧是年輕一輩中最受好評的獵命師，搶先在烏霆殲前將『天堂地獄』搶了過來，否則後果眞不堪想像。」孫超點點頭，他明白風宇這孩子很需要讚美。

不單因爲這次的任務成功，如果你知道風宇是如何成爲獵命師，誰都明白任何單純的讚美對風宇來說都是遠遠不夠的。

「過獎，晚輩自不量力。」風宇口是心非，笑得倒很優雅。

「想來那烏霆殲也不怎麼樣嘛，徒有虛名。」躺臥在橫梁上的綠髮男子吐著煙圈，酸酸地說道。

風宇並不理會，只是笑笑。

綠髮男子冷冷哼了一聲，心中咒罵了好幾十句僞君子的同義詞。他一向與風宇不合，但風宇也一向對他明目張膽的反感不予置評，這讓他心中更加不屑。

「現在如何處理『天堂地獄』？」王婆問，眼神掃過現場每個人。

積聚五百年修行的「天堂地獄」生命能量太凶暴，即使已經落入這群獵命師的手中，亟欲獲得力量的烏霆殲也一定不會放棄，遲早都會找上門來將岩漿給吃掉，屆時若因此增添了烏霆殲的力量，將使得搜捕行動棘手好幾倍。

「鰲九？」王婆看著躺在梁柱上的綠髮男子。

「將岩漿留在這裡，烏霆殲那小子既然這麼自負，一定忍不住來搶。」鰲九垂下手，那手像是關節無聲鬆脫般往下拉長，竟在瞬間長到將香菸頭直接按在光頭女子頭頂的蜘蛛刺青上，慢慢炙燙出一個焦痕。

那瞬間，光頭女子頭上的巨大蜘蛛圖騰好像掙扎了一下，不知是否爲幻覺。

但光頭女子眼睛連眨都沒眨一下，一點知覺也沒有似的。

「然後呢？」王婆淡淡地看著鰲九。

「守株待兔，我跟阿廟聯手的話，九成九可以殺死他。」鰲九打了個呵欠，伸了個懶腰。

「阿廟？」王婆看著坐在岩漿旁的光頭女子。

「我沒意見。」阿廟面無表情，她的聲音毫無高低起伏，機器人似的。

鰲九與阿廟，是獵命師中生代裡少見的絕妙搭檔，兩人自成爲獵命師的那一刻起已搭配了十多年；鰲九的燃蟒拳加上阿廟的蜘蛛舞，實力幾乎可以與一個長老抗衡。

對他們來說，獵殺的技術遠比獵命還要精熟，可說是十足的武鬥派。

「你們三個呢？」王婆轉頭看看鎖木等三個資歷最淺的獵命師。

書恩與小樓上次吃了大虧已經不敢托大，兩人只好看著思慮精熟的鎖木。

鎖木皺著眉頭，說：「如果將『天堂地獄』轉交給其他人，例如書恩，帶去北京的途中難保不被烏霆殲搶奪，何況還有一個烏拉拉那小鬼從中擾亂。所以最保險的方式，就是風宇護衛著鎖死『天堂地獄』的岩漿回到北京，如此烏霆殲獵噬不到『天堂地獄』，而我們持續在東京搶先烏霆殲一步將其餘的凶命找出來，然後一個一個帶回北京請長老丟入『煉命爐』裡。」

說著說著，鎖木自己也搖搖頭：「但這種做法無疑緩不濟急，烏霆殲不靠靈貓，光靠自己的鼻子就可以找到惡劣的生命力量，說不定還更有效率？我們一群人在偌大的城市裡與他追逐競獵，贏面不大，萬一不幸跟他碰頭，最糟的狀況還會死，身邊的靈貓則被奪走吃掉。」

王婆點點頭，示意鎖木繼續說下去。

「況且，風宇是目前爲止唯一能跟烏霆殲僵持數分鐘的人，有了他拖住烏霆殲，我們可以獲得充足的時間變化戰略，或者逃走或者將靈貓先送走，此時叫風宇先回北京，

對我們的戰力折損不小，十分不妥。」鎖木說著，鰲九不以爲然地瞪著他。

風宇笑笑，雖然他自己可沒把握下次還能拖住烏霆殲「幾分鐘」。但對於讚美，他總是樂於接受的。

「但我們也不應該守株待兔，守株待兔的結果只會讓烏霆殲在東京肆無忌憚吞噬更多的壞東西。我們應該分組進行獵命的工作，在完全不求戰的情況下與烏霆殲的行動做時間賽跑。獵到手，就逃走，完全不求戰；沒辦法獵到手，也不必強求，看看能不能將凶命寄宿者早一步殺死，然後盡量拖住烏霆殲讓壞東西們竄走。」鎖木深思道：「等到長老護法團大駕東京，我們再合圍烏霆殲，將其撲殺。」

「很保守，很好。」王婆點頭，這的確很符合獵命師集團一貫的作風。絕對的去個人主義化，百分之百的勝算。

「哼。」鰲九冷笑，他當然不至於笨到公然反對王婆對鎖木的認同，但他心裡盤算的，依舊是跟烏霆殲好好打上一架。

會贏嗎？根本不是重點，重點是風宇可以，鰲九自認也沒有問題。

孫超意義深遠地看著鰲九，鰲九索性閉上眼睛不瞧。

「那從現在起直到長老護法團抵達為止，鰲九、阿廟、鎖木、風宇一組，由鎖木擔任隊長；書恩、小樓、鎖木、王婆與我一組，由我擔任隊長。我想這樣的編制應該在實力或判斷的平衡上都沒有問題。」孫超慢慢地說。

「我有意見。」鰲九突然從梁上跳下，瞪大眼睛：「憑什麼要我聽鎖木的話？他算什麼東西？論年紀論拳頭，我都……」

「閉嘴！」孫超的眼神變得相當嚴厲：「光你現在的表現就足以證明你不適合擔任隊長，還是你想要我指派風宇？」

鰲九胸口兀自喘伏，氣憤得全身顫抖。

「我沒意見，鎖木很好。」風宇頗有風度地微笑，雖然他也不以為然。但如果這個結果能讓三十五歲的鰲九忿忿不平，那這個結果就是好結果。

「我也沒意見。」鰲九強自壓抑怒氣，閉上眼睛。

「謝謝各位對我的信任，其實這也……」鎖木慢慢開口。

鰲九突然一拳重重打在阿廟的臉上。

阿廟的身子輕輕晃了一下，然後若無其事地坐好，眼睛直視前方，不是在發呆，卻一點表情都沒有。

鮮血自阿廟的鼻孔中汩汩流出，眾人都愣住，然後陷入深藍色的沉默。

「沒事了。」鰲九點了根菸，洩恨後情緒顯然和緩得多。

書恩感到極端不可思議，她跟阿廟是第一次見面，並不熟悉怎麼會這樣。

她看了看王婆。王婆卻只是嘆了口氣，拿著紙巾幫無動於衷的阿廟擦拭鼻血。

書恩注意到，王婆的眼角帶著淚珠，然後自己的視線也模糊起來。

好像有點理解了。也許自己也差點變成像阿廟這樣的人吧。

這可悲的命運，究竟何時才得以終結？

「我有一點不懂。」書恩深深吸了一口氣：「雖然烏家打破了規則讓大家面臨詛咒之禍，但烏霆殲搜獵這麼多可怕的怪命，不就……不就是爲了闖進東京地下皇城直取血天皇的腦袋？既然如此，我們爲什麼不讓他去做？甚至幫助他搜獵怪命呢？就算烏霆殲死在地下皇城，詛咒的預言也正好得以解除啊！」

這個疑竇放在書恩的心裡很久很久了，若不是看到光頭阿廟對鰲九洩恨的一拳毫無反應，她心中的大問號還是不敢尋求開解。

「關於地下皇城的傳說很多、很紛雜，什麼史前怪物、異魔軍隊、無不描述得凶險無比。萬一烏霆殲沒有死在皇城，而是半死不活被困住的話該怎麼辦？到時候咱們全都要滅亡，一個都不剩。」王婆淡淡地說，將殷紅的紙巾折好，一指按摩阿廟的人中穴道。

「屆時吸血鬼再沒有強大的力量與之對抗，他們就可以走出日本，像二次大戰那般燒盡亞洲黃土。他們至今還算安分，正好印證我們保持現狀的決定，是正確的。」孫超的聲音卻有些言不由衷。

「如果……如果不只是烏霆殲，而是我們數百人、甚至數千人一齊衝進去呢？說不定……說不定輸贏就看這一次了？我們這麼多人，一定有機會的……」書恩的聲音漸漸顫抖，因爲她注意到大家都將目光避開她。

就連那位驕傲的風宇，也是一副漠不關心的模樣。

刹那間，她明白了。

原來這答案如此簡單易懂。

書恩低著頭，看著雙手。

依稀，殷殷血紅從記憶中不斷湧出，再度爬滿了皎潔的雙掌。

血紅，似乎就只是血紅。

歷史依舊停滯，不因爲犧牲而推進半分。

血鎮

命格：集體格

存活：兩百五十年

徵兆：陰狠，不斷勃發卻又強自壓抑的怒氣，宿主的影子跟隨光線變化而改變的速度緩慢許多是其外顯。

特質：以自身不斷壓抑的憤怒為中心，擾動周遭不安的氣氛與情勢，進而引發一個「城」規模的血腥屠殺。如果運用過當或錯過引爆的時機，自身也可能喪命。

進化：萬里長屠等。

第47話

兩週前，江蘇。

那天天氣很清朗，書恩從外面回來，即使身上沾滿剛剛獵殺的吸血鬼氣息，她依舊不以為意，還哼著小曲。

因為今天是弟弟書史滿十八歲的生日，據說連厲家與任家的前輩高人都要來慶賀，父親一早就到車站等待，畢竟前來祝賀的兩人都是長老護法團的成員，來頭不小。

「男孩子的生日排場眞大，記得我十八歲生日那天還被捻出去追命哩，獵命師的世界也是重男輕女。不過爸卻從沒認眞教弟什麼術法，只讓他一股勁在外面玩。還是說，書史沒這方面的天分？」書恩到浴室放了熱水，咕噥著脫下鞋子。

洗去與吸血鬼戰鬥的痕跡前，書恩愉快地將剛剛買回來的生日蛋糕偷偷藏在自己床底下，想給書史一個驚喜。

「十八歲了，也該談戀愛了吧？上次在街上碰見，書史旁邊的女生說不定就是他的女朋友？」書恩搓揉著頭髮上的泡沫，自言自語著：「不會，不會。書史他什麼都會告訴我。」

突然，浴室外傳來許多談話聲，書恩傾耳一聽，門外的聲音平穩低沉，猜想是爸爸帶著其他的獵命師前輩來了。

而書史踩著拖鞋、懶散的招呼聲也印證了書恩的猜測。

「姐，洗完了就出來，換我洗，爸帶兩個伯伯來這裡，等一下要去館子吃飯。」書史在門外嚷著，語氣很不耐煩。十八歲了，還是個沒禮貌的小鬼。

「洗好了，叫個什麼勁？剛剛在家那麼久也不會先洗一下？」書恩將門踢開，一邊用大毛巾包起自己的長髮。

書史才要踏進浴室，就被父親喚住。

父親身後的長板凳，坐著一個鬍子花白的老者，身材瘦小如狗。玄關處則站著一個精壯的中年漢子，額骨高聳。

「別洗了，直接出去吧。」父親嚴肅地看著書恩跟書史，說：「帶著你們的貓，還有武器。」

「天啊，今天不是要慶祝我生日嗎？過正常一點的日子會怎麼樣？」書史懊喪地說。

他幾乎沒被父親嚴格要求過什麼，自然也不會嚴格要求自己成爲高人一等的獵命師，他最關心的，還是今天在學校裡跟小女朋友發生的小爭執。

「別囉唆。」書恩捏了書史的屁股一下，她瞧見父親的眼神比訓練自己時還要嚴肅許多。

「走吧，王兄。」額骨高聳的中年漢子姓任，任不歸，原本居住在瀋陽。

「嫂夫人不會來吧？」鬍子蓋住半張臉的老頭叫厲無海，上海的老獵命師。

父親點點頭，默認了平凡人身分的母親不會同行。

下一刻，五個人、五隻貓，就這麼走在江蘇大街上。

弟弟書史悶著一張臉，被夾在任厲兩人間，他走得快，任厲兩人就走得快些，墮了後，任厲兩人也不催促，只是跟著放慢腳步。

此時街上非常熱鬧，台灣的周杰倫正好在附近開告別歌壇的巡迴演唱會，各種攤販群聚像個小市集，最吸引人的還是賣吃的小攤子，糖葫蘆、麥芽糖餅、烤地瓜、滷味、烘鳥蛋、汽水紅茶等，嘉年華的氣氛。

但越是熱鬧的空氣下，書恩就越感到不自在。

「媽有事嗎？怎麼不跟我們一起去？」書恩不解，隱隱約約覺得不對勁。

父親沉默不答。書恩看了父親一眼，他的神情沒有絲毫異狀。

父親停下腳步，在一間賣糖葫蘆的小販前。

其餘四個人也跟著停下。

「書史，想吃嗎？」父親問。

書恩不敢置信，這實在不像是嚴厲的父親。

但大概是任厲兩個陌生人面前，一向貪吃的書史不想顯露出想吃糖葫蘆的意思，所以搖搖頭，眉頭皺了起來。青少年的彆扭。

「我想吃。兩串。」書恩說，父親點點頭，向攤販買了。

書恩接過，很自然地遞了一串糖葫蘆給弟弟，弟弟沒有說什麼便吃了。說到底還是這個做姊姊的最了解他。

五人跟著父親的腳步，走進遠離喧囂的小弄裡。小弄複雜曲折，順著地形緩緩往下延伸，漸漸地，巷弄的密度越來越稀疏，有些荒僻了起來。但書恩對此相當熟悉，因爲這附近是父親教導她許多術法與鬥技的偏僻地方。

最後眾人來到一片低窪的林子地，舉頭一望，還可見到灰白色的房舍羅列在上方。既靠近城市，卻是人跡罕至。

父親的腳步終於停下，回頭看著任厲兩人，眼光像是詢問著什麼。只見兩人張望四周，確認了什麼後，緩緩點頭。

帶著涼意的山風吹進了林子裡，書恩腳下的貓哆嗦了一下，書恩察覺有異。

書史手中的糖葫蘆正好吃完。

「搞什麼啊，神秘兮兮的。」書史有些埋怨，這算什麼鬼生日啊。

厲老頭蹲下，身上的氣赫然源源不斷高漲，一瞬間突然以他爲圓心、四處噴漲開來，吹出一個約莫十丈大的圓，將地上的落葉全都吹散到圓的外頭。

圓裡圓外，壁壘分明。

任大叔點點頭，捧著貓，與厲老頭紛紛躍上樹的最頂，在刻意吹畫出的圓的兩端上，監視著下面動靜似的。

父親站在圓心，看著姐弟兩人。

「這是做什麼？」書恩警戒，牽著弟弟的手，後退了一步。

父親眼中依稀泛著淚光，卻又一閃而逝，回復到不帶情感的、剛毅的臉。

「一個小時後，你們之間只能活下一人。」父親平靜地說。

父親語氣之平靜，好像正在說一件再稀鬆平常不過的事。

書恩身子一震，牽住弟弟的手一下子鬆開。

「在這個圓內，殺死對方吧。」

第48話

林子裡，詭譎不安的氣氛。

「爲什麼我要殺死弟弟？」書恩。

「別那麼自信，說不定是弟弟殺死了妳。」父親寒著臉，厲聲道：「動手吧！」

「怎麼搞的……簡直是胡說八道嘛！」書史驚駭莫名，勉強擺出戰鬥的姿態。但在顫抖。

書史豢養的靈貓弓起身子，縮在他的腳邊，沾染到緊張的氣氛。

「爸，你別開玩笑了，書史他根本……」書恩握緊拳頭，突然感覺到父親的身上散發出一股濃烈的悲愴氣息。父親是認眞的。

非常明顯，父親，要藉自己的手殺死弟弟書史。

這幾年來，父親根本不怎麼督促貪玩的弟弟練功，卻很認眞地考察她每個月武功的進境，一有疏懶，就會嚴厲斥責。有時候父親還會獵捕城郊的吸血鬼，丟到上鎖的屋子裡讓書恩做戰鬥練習。

但對於弟弟，父親只是隨便提點一番，不論是法術或是擊打的技巧，書史馬馬虎虎，父親也就睜一隻眼閉一隻眼。這點曾讓書恩感受很差，認爲父親偏心，重男輕女。

但年紀越來越長，書恩才感覺到父親灌注在她倆身上的期待有著根本上的差異，父親對弟弟的特意放縱，是相對的不放期望。

書恩自模模糊糊理解到這一點後，對弟弟就越關心，她潛意識裡同情不被期待的弟弟，雖然弟弟樂得輕鬆。

而現在，父親要他們殺死對方的戰鬥背後，只存在一個再明顯不過的結果。

「書恩，書史，這是你們的命運，除了用彼此的鮮血接受，沒有別的選擇。明白了就開始吧。」父親身上緩緩散發出一點一點的鬥氣，像是要引誘這對姐弟似的。語氣很平靜，幾乎已不帶悲傷。

厲老頭與任大叔在上頭，兩雙眼睛虎虎威嚇著，監視這場手足相殘的可怕儀式的進行。

書恩搖搖頭，自動後退了一步。

「弟，別害怕，姊姊不會傷害你的。」書恩說。弟弟發抖著握拳的樣子，讓她覺得很不忍，壓抑心中的害怕，不讓浮現在臉上。

「姊，怎辦？」書史呼吸不暢，汗流滿襟，怯生生地避開父親的眼神。

「別怕，我們倆誰也別動手，看他們能怎麼辦。」書恩咬牙，一手按捺著自己肩上不安顫動的靈貓。

完全莫名其妙的戰鬥。一點也沒有必要。

「小弟弟，這種事很簡單的，只要輕輕揮出第一拳，剩下的動作你的身體就會自然而然去完成它，你姊姊的身體也會呼應你的動作，就像跳舞……對，就像跳舞。戰鬥就是這麼回事。」厲老頭在樹上說。

「看是要像個獵命師用各種鬥術纏打，還是用市井流氓的扭扭抱抱，或是閉上眼睛任人宰割都行；總之，你們之間只能留下一個。或是誰被扔出這個圓、或自己走出這個圓，我跟厲老就會代勞，取走他的性命。」任大叔說，蹲坐著。

父親嚴肅地看著愣住了的書恩與書史。

「爸，我要找媽！」書史眼淚滾落，被三名獵命師的氣勢強壓到心神慌亂。

「爸，你是不是瘋了！哪有不需要理由的戰鬥！」書恩怒吼，靈貓嚎叫。

父親漠然，舉起拳頭，拳頭上的真氣凝聚到了最高峰，手臂附近的空氣隱隱震動起來，這「百流拳」的多年功力讓樹上的兩名資深獵命師，也不禁微微點頭。

書恩愕然。

她曾看過父親用百分之百的拳力轟擊吸血鬼藏身的水泥房，一擊之下，水泥房劇烈崩塌破出一大孔，裡頭的鋼筋都彎曲變形了。

「如果書恩妳這麼覺得，倒也情有可原，畢竟人生都到了這麼瘋狂的地步……妳大可以走出這個圓，就可以從瘋狂裡解脫了。」父親沉聲繼續說：「或是你們不想動手，要我一拳一拳招呼你們，看看誰最後還能好端端站著？站不起來的那個，就讓當父親的我來承受罪孽吧。」

父親說著說著，踏前了一步，高高舉起了拳。

「真不愧是父愛啊。」厲老頭嘖嘖，不若平常沉默的他。

父親青筋浮現，鬥氣大漲！

「書史小心！」書恩大驚，趕緊撲倒書史。

風壓撲面，父親一拳從上而下直落，一聲悶響，土塊轟然爆開。

書恩一手抱著弟弟打滾，一手護住兩人門面、擋下撲射來的土石，卻覺得腹部一陣尖銳的刺痛。

「怎麼……」書恩壓著腹部，手掌縫滲出汩汩紅血。

書史驚慌失措推開書恩，手中緊緊抓著的防身小刀沾滿了紅色。

剛剛書恩撲倒他的瞬間，他竟以為姊姊想趁機突下殺手，情急之下，刀子掠出。

這一錯，不能回頭。

「姊姊，對不起！」書史痛哭，身上的氣很凌亂。

書恩難過得流下眼淚，心中的痛苦遠超過腹部挨的那一刀。

血不斷自指縫中滲出。

那把小刀的鋒口成鋸齒狀，又紋上珍貴的煞血咒，一旦劃破皮膚，就算立刻運氣封住了穴道，也無法在一時半刻將血止住。那是書恩送給弟弟的，去年的生日禮物。

書史大叫，鬆開手，讓掌心將掉落的刀子吸黏住，衝向書恩。

再過一秒半，當書史的手刀橫斬，書恩伸手硬架住的瞬間，他掌心吸住的刀子就會順著勁道盤旋割出，將書恩的臉斬成兩半。

書恩一清二楚，因爲這招式還是她教弟弟的刺殺技巧。

「從什麼時候開始，你覺得這種把戲打得贏姊姊？」書恩鼻頭一酸，弟弟的手刀已經來到面前。

弟弟漲紅著臉，齜牙咧嘴哭吼。

大喝中，手刀只削破空氣。

書恩急速矮身，單掌快速絕倫往上一拍，分毫不差貼住書史手掌掌心，將小刀硬生生吸住，反手一轉，將小刀吸奪過來。

幾乎在同時，書恩另一隻手離開出血的腹部，猛地一甩，血珠濺灑進弟弟的雙眼，奪走他一秒的視力。

書史悶叫，一股灼熱的掌氣砸在胸口，整個人往後翻滾。

父親看著姊姊一掌將弟弟打飛，一股情緒牽動臉部的肌肉，抽著抽著。

生死鬥才剛剛要開始。

就跟自己在二十多年前親手殺死哥哥與妹妹時，毫無差別的殘酷。

書史擦去眼中的鮮血，紅色的痕跡畫過臉頰，他驚恐喘息，白色襯衫胸口上鮮明的血手印讓他的模樣看起來更爲惶急。

「書史，下次記得，姊姊教過的體術都沒有用，知道嗎？」書恩壓著下腹忍著痛，額上汗珠滾動。

書恩將刀子輕輕丟出，正好落在書史面前。

「姊姊不怪妳。」書恩強笑，右手一伸，按住跳起的靈貓額頭，口中念念有辭。

「姊姊，我的腦子一團亂，裡面好像有東西在燒……」書史號啕大哭，一點都不像個已滿十八歲的大男生。他一手拔起刀子，一手按住靈貓的身體。

兩頭靈貓身上的毛都豎起，將體內儲存的「命」傳導進主人的身體裡。

書恩操控「術」的技巧遠勝弟弟，封印命的特殊咒語早已纏爬住自己頸部以下的皮膚，完成了獵命師最擅長的戰鬥姿態。

但她還是屏息等待慌亂的弟弟將命牢牢封印好，這是她對弟弟最後的溫柔。

在這等待的十幾秒裡，書恩好不容易在腹部的創口周圍用手指畫了凝血咒，將失血暫時止住。

弟弟準備好了，露出殘暴的眼神。

書恩感應到，弟弟所選擇的「命」，是能夠在短時間內大幅提高戰鬥本能的「盲獸」。

書史比誰都清楚，自己非常不擅長法術的靈活應用，所以乾脆透過「盲獸」的加持、專注在狂暴的體術上，由本能驅動肉體，做出超越平時好幾倍的神經反射。弟弟不擅法術，這也是書恩之所以贈送事先刻好煞血咒的鋸齒小刀的原因。

「姊姊用的，是『千眼萬雨』。」書恩提醒，身上的氣漸漸凝聚起來。

「知道了，姊姊。妳也小心了。」書史沉著聲。

他的語氣鎮定，全身肌肉卻在急顫。他想起了學校裡的小女友。

趁著書恩還未將氣提升到頂點，書史低吼一聲，像豹子般向前貫衝。

書史全身成一直線，手中的刀倏地一刺。很簡單，化繁爲簡的動作。

書恩腳甫離地，輕巧巧、堪堪避過這一擊。

書史一擊不中，立刻像野獸般接連快速突刺，手中小刀配合身形不斷削、刺、鉤、砍、剁，但就是搆不到姊姊的邊。

落空。

落空。

落空。

落空。

兩百招過了，書史的突刺動作隨著兩百次的落空，越來越焦躁。

越是焦躁，書史的動作也跟著凌亂起來，兩隻眼睛都成了血紅的獸瞳。

「……」書恩心中卻極為苦楚。

雙方原先的戰鬥力差距實在太大，儘管弟弟藉由盲獸催動體術，但動作間全是要命的縫隙，這局面幾乎等於，端看書恩在決定什麼時候擊倒弟弟似的。

就算不用高度防禦性質的「千眼萬雨」，書恩也有十足把握……讓弟弟倒地不起。

「書恩！妳在等什麼！」父親大吼。

書恩一愣，動作一滯，書史手中的刀子急速畫過書恩的頭髮，在空中射散無數黑絲。

練武之人對危機極其敏感，加上「千眼萬雨」極強調直覺，書恩一躲開刀子，迅即反腳迴踢，將弟弟手中的刀子踢飛。

「喝！」書恩又一個直落壓腳緊跟在後，直接迸斷弟弟的肩胛骨。

書史慘叫，斷骨嘎然倒刺進體內，鍘斷附近的大動脈，鮮血卻因爲沒有外傷而只在體內奔湧。

只一瞬間，兩個踢腳，弟弟就頹然倒下痛吼。

「弟弟！」書恩心中大亂，趕忙要檢視書史的傷。

書史痛極，卻沒忘記「姊姊要殺死自己」這件事。身上的傷越痛，姊姊就越危險。

「別過來！」書史快速撿起刀子大吼，亂揮逼退書恩。

「書史！快封住穴道，不然你會死的！」書恩哭了出來。

書史意識漸漸模糊，但手中的刀子還是兀自狂亂地揮著、切著。怎麼封住肩胛附近的血穴，他根本就不記得。

「別過來！妳別過來！」書史喝道，搖搖晃晃，瞇起眼睛瞪著逐漸分化成兩個影子的姊姊。刀子刺出的力道越來越弱。

書恩大急，將書史手中的刀子擊落，想抱住書史時卻被他亂拳逼開，然後又見他趴倒在地，抓起刀子亂揮。

父親嘆了口氣，別過頭。

勝負已分，誰都看得出來。

體內失血過多，書史的表情越來越迷離，臉色極度蒼白。他豢養的靈貓嗚嗚啼哭，哀傷地在一旁陪伴著主人。

書史慢慢軟倒，雙膝跪地，垂下手，兩眼乾瞪著被林子遮蔽的天空。

書恩大哭，抱住書史，雙手拍打弟弟肩上的重要穴道止血。

弟弟迷迷糊糊地靠在姊姊身上，全身發冷。

「姊姊……對不起……」書史睏倦不已，氣若遊絲。

「你在胡說些什麼……是姊姊對不起你……」書恩痛哭，用力、用力地抱住身子越來越沉重的書史。

在根本不明白理由的情況下，她親手殺死了，非常疼愛的親弟弟。

書史死了。

一旁的靈貓垂首哀號。

「爲什麼……爲什麼……爲什麼要有這場荒謬的戰鬥……」書恩幾乎要哭到昏厥，抱著弟弟，恨恨地看著父親。

兩名獵命師大老輕輕躍下大樹。

「讓開。」任大叔推開書恩。

厲老頭一掌橫斬，竟將書史的頸子硬生生剁歪，確認書史百分之百死亡。

「幹什麼！」書恩怒極，不理會自己的功夫太弱，左手五指疾取厲老頭的咽喉。

厲老頭的身影瞬間消失，來到父親身旁，一臉無奈。

「這就是獵命師的宿命，妳無須自責。今天不是妳不殺死弟弟、弟弟就會殺死妳的局面，而是如果你們姐弟不彼此殘殺，所有獵命師就會被趕盡殺絕。」厲老頭搖搖頭：「別怪妳父親，他從前也親手殺過自己的兄弟姊妹，妳該慶幸，妳父親選擇了妳，而不是妳弟弟。」

書恩愣住，不解。但憤怒依舊。

「很諷刺吧，獵命師競獵天下群命，卻無法掌控自己的命運。」任大叔看著自己的掌心。

一片的空白。

掌心上一條紋路都沒有，只有厚厚的繭、與不斷戰鬥後留下的疤痕。每個獵命師天生就沒有掌紋，普天下都一個樣。

獵命師特異的體質，就像一條千瘡百孔、裂縫滿佈的破爛小舟，不管負載什麼樣的東西，都會迅速沉進湖底。

沒有一種「命」能長留在獵命師的體內。一盞茶，命就會自動掙脫獵命師的軀竅，流亡在蒼茫天地之中。

獵命師沒有命。

獵命師擁有的，只有詛咒。

因爲怯懦，得到的恐怖詛咒。

□

書史的生日蛋糕，就一直靜靜躺在書恩的床底下，再也沒有拿出來過。

蛋糕的糖霜上爬滿了螞蟻、蟑螂，與老鼠。蠟燭歪歪斜斜地倒在一邊。

然後，書恩踏上了東瀛的土地。

一塊盛傳，沒有吸血鬼獵人的禁地。

任務：不計一切代價，殺死烏霆殲或烏拉拉兩兄弟中，任何一人，防止詛咒應驗，爲禍全族。

千眼萬雨

命格：修煉格＋機率格

存活：一百二十年

徵兆：身體無法保持精確的平衡，一直處於不斷快跌倒卻又勉強平衡的姿態。

特質：近乎自動閃避敵人所有的近距離攻擊，但宿主的意識也會被壓抑到只剩一半的狀態，以使命格的力量發揮到極限的，缺點是宿主的攻擊力也會隨意識低落而滑落。

進化：若宿主的意識在戰鬥中能夠保持清醒，敵人的攻擊亦不斷落空，「千眼萬雨」可被修煉到更深刻的境界，如「大幸運星」、「雅典娜的祝福」等。

〈十一豺〉之章

第49話

東京的吸血鬼或許擁有世界第一的組織能力，尤其是組織目標很明確的時候。

當宮澤提出「殺胎人在搜獵遭逢厄運之人」的論點後，牙丸護衛軍的情資網便與民間的媒體資源、戶政組織與網際網路結合，以驚人的速度過濾可疑的對象。

欠稅多年的潦倒大戶，家裡出過多次車禍的人家，地下道裡幾萬名無家可歸的落魄遊民，醫院裡數千名無知無覺的植物人與重症患者等等，全都分配責屬，受到各地方吸血鬼嚴密的控管。這些資料也都送到宮澤的手上。

然而宮澤只是搖搖頭，這些資料都太表面化了。

或者說，不夠特殊。

與其在一堆沒有意義的資料上打轉，不如繼續將精神花在閱讀阿不思搬來的吸血鬼知識上，看看能否另闢蹊徑。於是宮澤日以繼夜在昏黃的房間裡研究、反芻吸血鬼的一切。一個禮拜就這麼過了。

越了解這個城市的黑暗面，宮澤好奇心的胃口就越來越大，每分每秒都在腦袋中將世界觀解構、復又重新組合。從前學習過的政治學、社會學、宗教學，與心理學等種種知識，全都急速轉化，以另一種奇特的面貌解釋這個世界的構成與存在的依據。

宮澤的大腦，此時經歷了兒童時期各種「新奇的常識」大量塞進腦中的認知爆炸階段。

他不只感到好奇，還異常地興奮。

突然，一股很奇異的直覺要浮上心頭。

「阿不思……」

宮澤發覺他說出這幾個字時，他已拿起電話，在幾秒前撥下一串號碼。

「眞難得呢，約會的季節又到了嗎？」阿不思的笑聲在電話另一頭。

「是這樣的，能否給我你們吸血鬼的歷史文本？」宮澤的手指攪著茶水。

「歷史文本？你是指那些幾乎要脆裂、髒兮兮、沒什麼人感興趣的古書殘冊嗎？約會嘛應該看的是電影，可不准你約會時想著別的事，嘻嘻。」阿不思的聲音很有表情，宮澤很容易就能想像她「不三不四」的表情。

「妳腦子裡只有約會嗎？我多了解你們吸血鬼一點，就能早一點替你們抓出那個黑衣人。在看了妳給的那箱資料後，我隱隱約約感覺到這個世界的圖像背後，好像還有一股跟吸血鬼對抗的神祕勢力。那股勢力要追溯起來，說不定要比吸血鬼的歷史還要悠久。」宮澤說。

他發現吸血鬼的歷史裡，不斷出現亟欲擴張版圖的膨脹力，但都被奇異地壓抑下來。這股壓抑有來自內部自我規範的緊縮，卻也有不得不的外部緊張。宮澤感覺到日本吸血鬼的地下社會，下意識地，與「中國」呈現強烈的對抗性，每每中國軍事社會強大時，日本吸血鬼勢力就會呈現負相關的衰頹。但要深究其因，卻無論如何都會因爲古代資料的闕如而無法再進一步。

但無法再進一步，卻並非意味停滯不前。

宮澤有推理邏輯無法較量的想像力草圖。

「你說的不是獵人吧？」阿不思。

「不是。那股勢力很複雜，我一時也說不上來。」宮澤。

「該不會是指你先前說的愛貓協會吧？嘻，其實他們也不怎麼樣嘛。」阿不思笑，想起了那一夜。

「不論是不是愛貓協會，總之以結果論，若那股壓制吸血鬼的勢力不強，坦白說，我很不能理解爲什麼吸血鬼足以統轄日本一國，卻無法禍及全世界？」宮澤說，這可不是反諷的氣話。

「這倒有趣……那就允許你約會時說點奇奇怪怪的東西吧，那麼，一個星期後……週四晚上見，老地方藍圖喔。」阿不思欣然。

「要等到下週四？」宮澤愕然。

「談戀愛要有耐心呢，我，不值得等待嗎？」阿不思輕笑。

宮澤皺眉，掛掉電話。

奈奈正站在一旁，用一種很侷促不安的表情。

「你在外頭有了女人？」奈奈故作輕鬆，甚至還帶著微笑。

「別多心了，一個房間整天貼掛著凶案照片的丈夫，怎麼會有時間搞婚外情？跟驗屍官談戀愛嗎？」宮澤苦笑，迴過身，避開奈奈的眼睛。

奈奈拉住宮澤的衣角，嘆息。

「我知道你不會想要外遇，但別的女人可不見得，不過這些都算了，不信任你的話，當初也就不會嫁給你了。只是這幾天都看你把自己關在房裡，幾乎不出門，淨看那些奇奇怪怪的資料跟照片，讓我覺得很害怕。」奈奈說。

宮澤鬆了口氣，溫柔地抱住奈奈。

「有些案子就是這樣，但不管案子多可怕，事情還是得做完。」宮澤說，他能透露的並不多，相信妻子也能明白這點。

「不，不是這樣。」奈奈身子微震。

宮澤好奇，端詳著美麗又賢淑的妻子。

「我是說，我覺得你看那些資料的時候，好像很興奮似的。這讓我……多多少少覺得，算是不正常吧？」奈奈勉強說出口。

宮澤一愣，這是意指自己的血液裡有變態的成分嗎？

「你有想過，換個工作嗎？反正我們的存款也夠多了，我的丈夫那麼聰明，我想不管做什麼樣的……」奈奈鼓起勇氣。

「這恐怕有難處，警察的工作也對很多人負責，至少……也得等這個案子結了，我們再討論看看吧。」宮澤有苦難言，只好制止奈奈接下去要說的話。

但奈奈的話，讓宮澤感覺到，自己或許眞有那麼點不正常？

好整以暇，跟位階於食物鏈之上的獵食人類者討論事情的自己……

第50話

澀谷，熱鬧的十字街頭，四周都是百貨公司與電子用品賣場。

突兀地，一台滿是斑駁煙漬的老式雙輪推車，推車上夾著鐵鍋，一個滿臉鬍渣的中年男子抓著推桿，一言不發將推車推到馬路旁，扭開瓦斯桶，生起火。賣糖炒栗子。

突兀？並不突兀。東京街頭賣小吃的很多，不缺他一個。

但捲起袖子，用赤裸裸雙手戳攪覆蓋栗子的厚重鐵沙，恐怕找不到第二個人。他認眞、剛毅的臉孔，被焦煙薰得烏漆抹黑，襯合他近乎啞巴的沉默。

許多路人都見慣了這情景，走過他身邊時也沒多看他一眼。幾年前這位小販的特異舉止曾上過電視，接受幾個搞笑藝人的採訪，媒體管他叫「炒栗子魔人」。他沒有意見。

但在不論什麼節奏都以光速進行的東京都，任何新鮮事物的時效就像牛奶上的過期標示，一旦過了七天，就不再具有被討論的娛樂意義。炒栗子魔人也就退化成一個單純的，執著於用雙手翻炒栗子的沉默大叔。

而且生意不好。

「你知道爲什麼生意不好嗎？」

不知何時，炒栗子魔人的推車前，站了一個身著紅色皮衣的高眺女子。女子細長的臉帶著親切又艷麗的笑容。

炒栗子魔人微微一愣，被薰黑的直率臉孔難掩失望。

第十七次。

穿著誇張高跟鞋的阿不思如何接近、何時接近他的，他都一無所悉，更不用說抓準阿不思接近他的時機。

然後給她致命的一擊。

「雖然說徒手炒栗子看起來很有賣點，但是很髒。你自己看看。」阿不思笑得很甜，開玩笑的意思大過於嘲弄。

炒栗子魔人不由自主將雙手從炙燙的鐵沙裡拿出。

的確，髒得一塌糊塗。黑色的漬塞滿指甲縫，通紅冒煙的黑色皮膚上，烤焦的靜脈

誇張地浮脹，像好幾條爬在爛土上的蚯蚓。

不只髒，簡直髒死了。

「你能想像穿著水手制服的高中女生，唇紅齒白地吃著用這麼髒的手炒出的栗子嗎？這簡直就是……」阿不思說，聲音就像最棒的AV女優的旁白。

「簡直是性騷擾。」炒栗子魔人虎軀一震，隨即噤聲。

回一頭吸血鬼的話，對他可是種侮辱。

突然，他的肚子發出咕嚕咕嚕的可憐聲音。

「肚子餓了吧？歡迎加入牙丸禁衛軍，失業獵人的事業第二春，不只無限提供甜美好喝的冷凍血漿，表現好還可享有活人大餐，需要的話，還有女人可以解悶喔。」阿不思笑笑，看著這位她口中的「失業的吸血鬼獵人」。

炒栗子魔人不屑地從鐵沙裡翻出一顆炒栗子，手指一壓，黑色的栗殼破裂。就這麼吃起賣不出去的東西，好像是在說：「滾妳的，我吃糖炒栗子。」

「武術家這樣可會營養不良。」阿不思拿出張鈔票，用一枚銅板壓在鍋子上，甜笑道：「就當作是友情贊助武術家的訓練經費囉，哪天你復出了，可得記得這張鈔票的恩情，饒了我的小命喔。再見了，我要去約會呢。」

阿不思轉身，步履輕盈地離開。還不忘用擦著粉紅指甲油的纖長細手，揮揮道別。

□

進步得真快，我得用第二高段的貓步才能無聲無息地靠近他，這還是仗著熙攘人群給我的掩護……阿不思心中暗暗讚道。不用多久，這城市又會多出一個有趣的麻煩了。

□

十字街口。

炒栗子魔人雙拳緊握，兩臂通紅，看著阿不思消失在人群中。喉頭一陣鼓動，然後收下了那枚銅板跟鈔票。閉目反省。

追求究極武學的他，在幾年前還是個野心勃勃的獵人，而且熱血。

熱血到，赤手空拳跑到號稱絕無獵人生存空間的日本，一路從北海道劈殺吸血鬼到魔都東京。

但自從看到那一幕後……

「還不夠。遠遠不夠擋下那種拳。」他不再嘆氣，繼續翻炒孤獨的鐵沙。

第51話

西武百貨，藍圖咖啡廳。

宮澤看著玻璃窗外，全亞洲最熱鬧的街頭景致。

懸吊在對面電子大賣場上的鏡面投影板上，日本首相正向全國人民解釋自衛隊對中東事務的介入，與對國際社會澄清日本當局自二戰後首次建造航空母艦的疑慮。不顧鄰國的大力撻伐，與旋踵而來的貿易制裁，日本國正不顧一切發展軍事工業，國際對日本的焦慮越來越高，美國在橫濱的軍事基地甚至已宣布戒嚴。每天一打開報紙，就可以嗅到濃重的火藥味。

「又想發動戰爭了嗎？」宮澤意興闌珊。

日本國內，對這一切局勢的矛盾絲毫不感緊張。畢竟需要緊張、煩躁的事物太多太多了。

現正值下班與放學的時間，東京到處無不簇擁著吸血鬼的盤中食物。

一包包裝載四千五百~六千西西的活動血漿跑來跑去，然後生下一包又一包的兩千~三千西西的血漿，小血漿如果沒有提早被吸癟，便會增殖成又一批辛苦生活著的四千五百~六千西西的活動血漿。

活動血漿大多踩著急促的腳步，或掛著公式化的笑容，辛苦又茫然。只有講著手機的中學生臉上，勉強可見到青春的無憂無慮。

阿不思遲到了。

宮澤無聊地在窗上呼氣，霧開了一片，剛剛撥攪冰水的手指在霧氣上寫畫下「人生即是無知」幾字。

霧氣漸漸融解。

「久等了。」阿不思出現在宮澤面前，坐下。

阿不思點了杯花草茶。紅色的漿果梅茶。

鮮紅色的。

宮澤看著阿不思，一個態度出奇和善的獵食者。他想起奈奈那天說過的話。宮澤對自己的困惑壓抑了其他不愉快的感覺。還沒講述正事，一個很突兀的句子脫口而出。

「妳想吃我嗎？」宮澤皺著眉頭，認真的眼神。

阿不思沒有直接回答。她用一個足以勾引任何男人上床的甜美表情，咬著吸吮梅茶的吸管，喉頭鼓動。

「即使那樣，我也不是那麼害怕。這不是很奇怪嗎？」宮澤嘆氣。

「成爲我們吧。」阿不思逗弄眉毛。

「那倒是一點興趣也沒。」宮澤直率，卻出奇的，沒有討厭的語氣。

「早知道你會這麼說了。」阿不思吐吐舌，拿出幾片光碟放在桌上。

宮澤一震，他明白這是什麼。

既然吸血鬼有安全上的顧慮，並沒有建立網際線上資料庫，浩如繁煙的原始資料又不可能帶出來，所以這些光碟，自然是「數位翻拍」或「電子掃描」的複製版本。

「交給我這些，妳不會有安全上的顧慮嗎？」宮澤問，但已將光碟收好，一點也沒有準備歸還的意思。

「沒有摻雜危險情調的愛情，不是很無聊嗎？」阿不思的手指游移在桌上。

這個女人，眞是瘋了。

盲獸

命格：情緒格

存活：一百年

徵兆：在街頭以一擋百的持刀瘋漢，常遊走、吸取許多古惑仔的生命能量。

特質：狂暴肉體的極限，肌肉纖維大量撕裂後大量分泌腎上腺素而忽視痛苦，增進神經突觸敏感度，可能的話還能感應將至的危險。但若主人本身的肉體不夠強，則有可能會提早耗竭命力而死。

進化：殘王，大怒神。

第52話

十一年前。

黑龍江省，凜冽的寒冬。

結冰的河水……不，河水摻雜著大量顏色混濁的凍土，已經不能稱之爲「河」，而是一條致命的大自然怪物。

逼人的寒氣和著嗆鼻的土氣，河底下是數條各自盤流較量的冰凍土流，幾乎不可能容納任何生物。即使是魚，說不定也會缺氧而死。

幾頭灰狼不懷好意，遠遠觀察坐在河邊的小童。

小童則看著渾身浸泡在凍土流裡，另一個較年長的孩子。

「哥，那些狼到底什麼時候才肯走？牠們難道還沒看出來牠們是沒辦法吃掉我們的？」小童搓著手、呵著氣問。

他是烏拉拉，此時僅有十二歲。

他相信動物都有分辨危險的天生敏感，理應嗅出牠們絕非自己兩兄弟的對手。既然如此，就應該閃得遠遠的才是。尤其像狼這種獵食與廝鬥的天生好手，自己包含在危險的定義裡頭，又常與大自然的危險相處，更應該明白危險所隱隱散發出的樣子。

烏霆殲不答，只是專注地對抗不斷侵襲自己的寒氣與土氣，眼睛緊閉。

他只穿了條短褲，上身赤裸。年幼的身體雖不壯碩，卻沒有一絲多餘的贅肉。肌肉上每一個線條都有存在的道理，絕不過份張揚。

「狼也有好奇心嗎？還是餓到昏頭了？」烏拉拉穿著大棉襖，觀察著狼群。

「弟，你要記住，任何有智慧的東西都有可能錯判，狼會，人會，沒有人不會犯錯。」哥靜靜地說，眼皮上都結了一層黃白色的霜，嘴唇卻保持出奇的紅潤。

「嗯。」烏拉拉點頭。

哥緩緩睜開眼睛，眼光還沒掃出，狼群便轟然四散，隊形竟不成章法。

「哥，你殺氣越來越強。」烏拉拉拍手。

他最崇拜的，就是這個不需父親出言督促，就能嚴格訓練自己的哥哥。

「拍什麼手，還不快下來，爸已經走那麼久了。」哥笑笑。

烏拉拉一臉心不甘情不願，既沒反駁也沒出聲，但就是不想脫掉衣服跳進河裡。就這麼蹲著。

「烏拉拉！」哥皺眉，揚手向弟弟潑灑一大片碎冰。

「爸又沒叫我練功！」烏拉拉嘟著嘴，揮手架開迎面而來的碎冰。

「爸沒教你的事可多了，給我下來。」哥靜靜地說。

哥的話中並沒有威脅的感覺，卻因爲平淡的語氣，反而有種天生的威嚴。

烏拉拉只好哭喪著臉，慢慢脫光衣服，哆嗦著身子，顫顫巍巍地用腳尖試探河面的溫度。

陡然一震，好冰。他求救似地看著哥。

「催動內力後再用火炎咒輔助，就不會冷了。」哥看著雙手環抱身子的弟弟，微微感到好笑。

「我也知道。」烏拉拉瞪著河面。

閉上眼睛，跳下。

□

烏拉拉知道，光憑哥哥一個人的力量，是無法完成他的悲壯豪願的。

七百多年前，正派中最強的獵命師烏禪潛進東京地下皇城，跟徐福一挑一，都沒能成功砍下徐福的腦袋。哥哥怎麼可能一個人辦到？

這一點哥哥也知道。

所以哥哥正在東京到處獵取許多不吉祥的能量，「劣命」，好用最畸形的方式讓自身快速強大……將命格大口吞食，用霸道的內力將命格「消化」成純粹的能量形式！

哥已經另闢蹊徑，入了獵命師的魔道，回不了頭，只有走上不斷強大的死胡同。

但這分因犧牲而來的強大，必須要有意義才能算數。

「哥，我也變強了……你也想知道我變得有多強吧？」烏拉拉單手倒立著，然後唰一聲彈起，站穩。

如果自己找不到哥哥，那便讓哥哥來找他吧。

就算哥哥不願意來找他，至少，他也能爲哥哥引開多方人馬的注意力，從旁幫助哥哥完竟他的意志。

犧牲自己，也在所不惜。

「紳士，今天晚上會很危險，我一個人去比較沒有負擔。」烏拉拉伸手按住夥伴紳士的額頭。

「喵。」紳士匍匐，溫馴地閉上眼睛。

「來吧，我需要最凶悍的力量。『千軍萬馬』！」烏拉拉咬破手指，鮮血飛濺，旋又爬伏在自己身上，化爲鄧麗君的名曲「月亮代表我的心」歌詞。

強大的豪情壯志，無可遏抑在烏拉拉的體內爆發！

第53話

夜的東京灣，貨櫃堆疊的城市碼頭。

一艘巨大的輪船緩緩航向這座不夜城，船上的聚光大燈以特別的編碼閃爍，呼應港口燈塔的訊號。

六艘武裝小艇隨即破浪而出，駛向輪船在旁戒備，碼頭上的接應作業開始展開。一切步驟都以最嚴格的標準執行，不能容許任何疏漏。因為船上運載的特殊貨品，能舒緩這座城市的特殊要求。

血的氣味。

船長主管艙，一名穿著藍色連身制服的船員走進，鞠躬報告。

「報告船長，最後清點完畢。運往皇城的貨品原八百七十二件，中途折損七十四件，其中尚有成品四百二十件，半成品三百七十八件。運往白城的貨品原三百六十一件，中途折損二十五件，其中尚有成品兩百一十四件，半成品一百二十二件。運往牙城的貨品原一千六百件，中途折損一百一十二件，其中尚有成品……」下屬有條有理報告著。

這艘船來自馬來西亞，船上的部眾由馬來西亞最下層的黑社會所組成，算起來，可說是依附在日本吸血鬼帝國之下的附庸組織。

雖附庸於吸血鬼帝國，但船員大部分都是正常的人類，只有少許的吸血鬼打手。究其因，除了連日的航行對無法接觸日光的吸血鬼來說太過辛苦外，還因爲所謂的貨品，對吸血鬼太具誘惑的關係。

一不小心，貨品就會折損。

「勉勉強強，就將這些數據拿給接頭的血族吧。」船長說，抽著雪茄：「別忘了將殘貨的部分打點好，晚一點收貨的就會來。」

所謂的殘貨，才是這艘船最大的收益來源。

東京有許多吸血鬼的個體戶或小舵，不見得能夠得到上層允許取得正貨，若要自行到街上偷偷獵食，就要冒著被組織懲罰的風險，所以靠祕密偷渡進來的殘貨享受「生食」的快感，是最安全、也是被上層默許的非正式管道。

既然是非正式管道，價碼自然要高上數倍。

船長看著強化玻璃後的東京燈塔，從嘴角緩緩流出煙圈，和腐敗的臭味。

他是個貨眞價實的人類。

以前，甚至還是個獵人。

「這世界，沒救了。」船長笑道，刻意加強語氣中的感傷。

猛然，船錯頓了一下。

機械運轉的聲音明顯遲鈍了那麼一秒。

「船長……」輪機士皺眉，動力一切正常。

難道是撞上礁石？不可能啊，明明有小艇在前方負責開道，燈塔的指示也沒有異狀。

幾個艙機員在三十幾個監視畫面中尋找原因。

赫然，監視器的畫面全都變成混亂的黑白亂碼，而左舷艙水壓表上的指針晃動，指數竟在飆高。

「有人把船炸開一條縫？……誰會這麼大膽？也沒聽見爆炸聲啊？」副船長猛按畫

面鈕，但線路似乎眞遭到「外力」截斷，水壓不斷上攀也是事實。

「關左舷閘門，派所有打手把老鼠找出來清掉，務必要在靠岸前處理好，不能讓東京知道船出了事，更不能讓交易生變。」船長皺眉。

想起了，以前膽大妄為的獵人歲月。

第54話

這才是獵命師應該做的事吧？

一道快速絕倫的身影在船艙間來回探索，靠著對「氣」的敏感訓練，烏拉拉直竄到這艘貨輪最悲傷的地區。

烏拉拉邊跑邊笑，全身精孔都開竅，讓極細微的氣絲快速朝四周噴射，有如一台疾走的小型雷達。

爲了減少不必要的抵抗跟自我銷毀的舉動，吸血鬼一定將他們稱之爲「貨」的人類，用特殊的麻醉方法囚禁著。但貨的靈魂，所散發出的悲傷是無法禁錮住的。

「呼，眞不讓我休息啊。」烏拉拉瞬間停住，黑色風衣兀自前傾。

烏拉拉甩著還在冒煙的右手掌，四周，已被敵人團團圍住。

「前面就是貨櫃了吧？看來這次也是大豐收呢。」烏拉拉說，沒道理自己這麼快被找到。

所以答案只有一個，敵人在最重要的地方守株待兔。

烏拉拉快速掃視了眼前的敵人，一面緩和體內奔流不止的氣息。剛剛將船壁擊出一道裂縫所耗費的氣力可不少。

十四個膚色暗沉的吸血鬼，八個人類。體表的溫度散發得清清楚楚。

「只能說你不識相，東京要的貨也敢動。嘻嘻，笨蛋的血最難喝了。」為首的吸血鬼打手嘲笑似舔著腕劍。

但烏拉拉根本不予理會，只是打量其他人。

「你們氣的幅動很矛盾，以前是獵人？」烏拉拉微笑，一一看著那八個眼神冷酷的人。

八人默認，身上散發出源源不斷的殺氣，手中的兵刃與身形配合，隨時都能將烏拉拉在瞬間裂成八段似的。

「比吸血鬼還可惡呢。」烏拉拉說完，沉下臉，雙手猛然握拳。

這二十二個護鏢打手全都忍不住倒退一步，瞳孔緊縮。

烏拉拉的身上狂湧出驚人的氣勢，排山倒海壓住所有人的呼吸。

難以言喻的「強」！

幻覺似的，隨著烏拉拉雙腳拔地躍起，萬馬奔騰的踏蹄聲鑽進打手的腦中，教他們完全被震懾住，竟無法動作。

「火炎掌！」烏拉拉大喝，右掌心的火炎咒大熾，神色豪氣萬千。

火焰竟從掌心與指縫中暴射而出，宛如一條憑空出現的火龍！

四名打手首當其衝，臉孔與呼吸一陣灼熱，頭顱頓時化成焦黑的炭塊。烈焰在地上炸開，艙底破散。

但護衛船貨的黑社會打手畢竟不是街頭混混的等級，七柄飛刀射向猶在半空中的烏拉拉。

其中六柄全釘在一件滯留在空中的、輕飄飄的黑色風衣。

人消失了。

「斷金咒。」烏拉拉以天才的速度，在奪來的刀子鋒緣飛快寫上斷金咒，身子化成一道銳利的風，以貼近地面的角度，唰！

利風噴開。

六名最靠近的打手愕然墜倒，看著自己兀自挺立的雙腳，斷口爆出鮮血。

但其他黑社會的打手接受過壓抑恐懼的訓練，五個拿著長鐵槍的打手反應快速，高跳到半空中，瞄準盤旋在地上的烏拉拉，手中長鐵槍往下直貫。

「下來！」烏拉拉豪氣干雲，雙手往上連抓。

滾滾內力所至，眾打手均感手腕狂震，長槍脫手。

烏拉拉將刺到頭頂的五柄鐵槍通通反抓在手上，下個瞬間，便有五個打手被槍柄直接貫釘在船艙頂上，淒厲的慘叫聲隨著腐敗的血液呼嘯回繞。

剩下的六個打手省下了面面相覷，早拔腿就跑，還經驗豐富地分往六個方向鼠竄。

「逃？」烏拉拉大笑，掄起左掌往下一壓，一股白光無窮無盡自烏拉拉掌心狂瀉而出，好像衝破堤防的大水。

幾乎只有半秒，窄小的室內便漲滿刺眼的白光，比起好幾顆照明彈同時引爆還要「巨大」。只有「張狂」兩字足堪形容。

過了一小刻，滿室的白光才消失。但並非倏然消失。而是被奇異地吸回、吞回烏拉拉的手掌裡。

完全顛覆物理學裡「光是純粹的能量」一說。

烏拉拉吹著左手掌心，上頭的「大明咒」漸漸消失，化作一縷像是焦煙的殘光。那是他最擅長的大招式。

地上，六個方向，躺了六個掙扎扭曲的打手，每個人身上都遭到針對不同要害的精密貫刺，頸椎遭到破壞、太陽穴爆開、脊椎第六節扭曲……

「你……到底是誰？」一名曾是獵人、現在為虎作倀的打手全身抽搐，整個頭一百八十度扭反。

烏拉拉撿起地上的短鉛戟，輕握、掂量著。

烏拉拉沒有回頭，看著被巨鎖枷鏈的貨艙，慢慢舉起短鉛戟，一股狂暴的氣隨之快速拔昇。

「告訴你們家老大，獵命師又來了。」

烏拉拉瞇起眼睛。

風雲變色

命格：情緒格

存活：兩百五十年

徵兆：宿主內心的陰晴影響到周遭的夥伴，使夥伴人心浮動，甚至彼此猜忌，但宿主本身卻常能以一己之力率眾突圍。

特質：不斷吸收周遭同伴等對宿主種種的負面情緒，自我壓抑後催動出石破天驚的力量，是獨大自己的危險霸命。

進化：霸者橫攔，怒火燎原。

第55話

貨艙裡，是一個地獄的縮影。

無數半透明的筒狀強化玻璃裡，淡藍色的藥水浸泡著一個個深沉睡眠中的人類。

吸血鬼處理貨品的流程已完整規格化，將這些人類依照性別、體型、年齡，井然有序地成半蜂巢狀排列堆放。就連嬰兒，也有屬於自己的小小空間，被妥善地「呵護」著。

每個人都半闔著眼，做著悲傷的噩夢。但悲傷並無法跟著從鼻腔裡冒出的細碎氣泡排出。

裝置在筒狀玻璃上的三個圓形機械儀，分別爲恆溫定壓控管的溫度表、壓力表，與氧氣數值，小心維繫著貨品的鮮度與口感。

早在很久以前，以莫斯科爲首的吸血鬼食品研究中心就已指出，長期處於恐懼之下的人類，肉質與血液會釋放過多的胺基酸，口感將大大變差。以往用貨櫃輪船做遠洋運送時，更屢次發生貨品集體驚恐暴斃、或自相殘殺、絕食自殺等大麻煩，遇上嚇到屎尿齊出的場面，更是食慾大減。

後來在八〇年代開始實施安眠藥靜脈注射後，才將遠洋航行的貨品情緒穩定下來，但貨品因為長期處於睡眠無法進食，也會導致營養不良、生病，甚至死亡。

所以以往吸血鬼的進食大多採亞齊畢托維克所說的「就地掠食主義」與「區域合作」，或是東瀛以往奉行的「圈養主義」。想要吃食不同人種的吸血鬼只好自行旅行，但人生地不熟的獵食行動往往引人注目，經常會遭到當地吸血鬼的仇視，與吸血鬼獵人、政府秘警的緝拿。

所以烏拉拉眼前這套科幻電影似的設備，可說是吸血鬼世界致力研發出的驚人創舉。

藍色液體的成分是價值連城的專利，可供給身置其中的人類足夠的氣體交換、微量養分，與充足的睡眠品質，亦能同步分解糞便與尿液，使得貨品折損率大幅降低，評價極高。

「我該怎麼做呢？」烏拉拉嘆氣。

上千人泡在藍色的液體內，層層堆疊，令巨大的貨艙宛若一個龐雜又分化的魚缸，酷似二十多年前電影「the Matrix」裡，機器人豢養人類的誇張場景。

烏拉拉感受到，這些靈魂顫抖的悲鳴。

但要一一救出這些人，完全沒有一絲可能。

這個殘酷的事實，在烏拉拉來這裡之前，他就已經接受。

所以，烏拉拉站在這裡的目的，只有一個。

就是銷毀。

「我知道你們並不想被吃掉，那麼，就只能讓你們安息了。」

與其引爆炸藥，還有更妥善的方法。

烏拉拉來到控制貨品的巨大儀器前，將藍色液體內的氧氣供應給關掉。

算一算，最多只要十分鐘，這上千人就會在熟睡中靜靜地死亡。

而烏拉拉自己，只需要擋在控制氧氣的儀器前十分鐘，不讓從碼頭過來支援的東京吸血鬼欺近即可。在這之間還可以用拳頭宣洩自己的憤怒。

「喂，你差點打亂我的計畫。」

突然傳出的聲音。

烏拉拉警覺地環顧四方，只見一個蒙面的女人從一堆複雜的大型機械暗處走出。不知道這女人是怎麼潛進來的，又躲了多久。

蒙面女人很高大，約莫一百八十公分，比烏拉拉還要高些。

她肩上揹著一個很沉重的金屬箱子。

「我說，把氧氣切回正常的數値。」蒙面女人說，口音有些奇怪。

蒙面女人的語氣沒有惡意，卻有一股很強烈的堅持。

烏拉拉不爲所動，只是目不轉睛地看著眼前藍色勁裝打扮、除了眼睛什麼都包在藍色皮質底下的女人。

蒙面女張開雙手，伸直臂膀，表示自己並沒有暗藏武器，也不想打架。

「依你的身手，應該能夠從空氣感應我的體溫吧，我不只是人，還是個獵人。」蒙面女說，眼睛卻焦切地瞥著烏拉拉身後的氧氣閥。

烏拉拉搖搖頭，淡淡道：「不必僞裝了，即使妳皮膚表層的溫度是三十七度整，但妳的呼吸卻是冰冷的二十五度三，騙不了人。只有一個解釋，妳的衣服是特殊材質做的，是遠紅外線？不，我想是更先進的東西吧？」

蒙面女眼睛殺意一動。

原本平舉的雙手緩緩貼放下來。

「厲害的吸血鬼可以藉由刻苦的訓練改變幾分鐘的體溫，妳顯然還不到那個等級。出手吧，即使妳現在回頭，我還是會從背後殺了妳。」烏拉拉冷靜地說，慢條斯理在掌心上寫下火炎咒。

跟火有關的咒語，是烏家血統最擅長的術。能夠用得比其他獵命師要純熟、頻繁，以及強大。

蒙面女閉上眼睛，長長吐出一口氣，像是有所覺悟。

「不可思議。你是第一個察覺我呼吸溫度不同於身體的獵人。」蒙面女左手慢慢從背上金屬箱子下緣的開口，拉出一條沉重的鎖鏈。

鎖鏈的盡頭，是一個烏黑的鋼球，一柄五爪鋼叉鑲嵌其上。

蒙面女慢慢將鎖鏈鏈住整隻左手臂，只讓鋼爪隨著多出來的鏈子，規律地擺盪。

擺盪。

「我不是獵人。」烏拉拉感覺到，這條鎖鏈很危險。

他豎起耳朵，等待蒙面女肌肉繃緊的瞬間。

那便是蒙面女出招的最前奏，最弱的時機也會在那時暴露出來。

縱使只有十分之一秒，對烏拉拉來說也恰恰足夠。那是哥對他的嚴格要求。

蒙面女垂下的手臂底，鋼爪依舊緩緩擺盪，又擺盪。女人的身體也跟著微微晃動起來，似乎也在觀察烏拉拉呼吸間的縫隙。

！

烏拉拉的瞳孔還來不及縮小，鋼爪竟已無聲無息來到鼻子前。

像是從蒙面女出手的那一刻，到鋼爪襲至烏拉拉面前，這中間所有的過程……鎖鏈彎曲、伸直、繃緊等等，都莫名其妙完全取消了似的。

那不是快，而是詭異！

烏拉拉的瞳孔終於縮小，然後急速放大。

「不管你再怎麼強，對比你快一倍的東西，還是贏不了。」

蒙面女說，鋼鏈已經回到手上。

烏拉拉一身冷汗。

原本應該中招受傷的自己，現在一點事也沒有。

據說日本擁有「白氏」血統的吸血鬼，可以製造各種逼眞的幻覺，但剛剛那一瞬的生死交關，卻無論如何不像幻術。

更何況，幻術是迫使對方大腦意識「相信」這樣的景象或感覺「眞實存在」，才能夠成立的精神術。但自己根本不可能相信有這種速度的可能，既然不可能，所以這樣的幻術便無法被製造出來。

很明顯，蒙面女饒過了自己。

這感覺眞是差勁透了。烏拉拉難堪不已，滿臉漲紅。

「即使如此，我還是不可能將氣氣打開的，妳出手吧。」烏拉拉捏緊拳頭，這次卻先退了一小步，忖測著鎖鏈的拋擊距離。

烏拉拉深呼吸，強大的自信自掌心暴湧，氣勢奪人。

但蒙面女卻沒有繼續動手的意思，反而從上衣裡拿出一只空瓶。

「不久前裝在這瓶子裡的藥水，只要一點點，就能在人類的血液裡快速重組一種叫『類銀』——sliver-psudo的成分，在快速重組的兩個小時裡，被寄生的人類會出現高燒不退、嘔吐、腹瀉等重感冒症狀，最後有百分之九十五以上的人會在三個小時以內多重器官衰竭而死，其餘的百分之五也會在第五個小時內跟進。」蒙面女說。

烏拉拉靜靜聽著，因爲他知道蒙面女沒有說完。

而且趕時間的不是他，而是她。

「一個小時前，我已經在這些藍色液體裡注入特殊的化學成分，以他們吸血鬼的技術，不，以他們的警覺心，這些人類身上的異變不可能立即被檢驗出來，因爲人類脫離這些藍色液體後的一天內，也會出現很類似的副作用。而只要不脫離這些藍色液體，類銀的重組速度就會被壓抑，所以不會提前產生感染。」蒙面女慢條斯理地解釋，將空瓶子收起。

「類銀？」烏拉拉疑道。

此時他已卸下大部分的心防，畢竟一個想要戰鬥的人，並不會花這麼多時間念開場白。

「類銀是一種結構模擬金屬銀的化合物，那些吸血鬼吃了這些遭類銀污染的人類後，就會集體死亡。而你想要讓這些人不被吸血鬼利用……這樣的目的，最後還是會完成，而且更有意義。所以，快把氧氣打開。」蒙面女本想將話繼續說下去，卻又自行打住。

烏拉拉怔住。雖然還不知道「類銀」這樣的東西是否存在，但這種消滅吸血鬼的方式還眞有一套。而他也明白，蒙面女沒有說出的話，不外「否則，就只有一戰了」這樣的贅句。

蒙面女豎起耳朵。

隱隱約約，已有新的敵人漸漸朝這裡靠近，敵人數量不少，而且呼吸均勻不亂。一定是從碼頭趕來支援的新兵。

「雖然我不習慣替別人的人生決定什麼叫做意義……」烏拉拉嘆氣：「什麼時候可以再見個面？聊聊攜手共抗吸血鬼大業啦，或是聊聊最近有什麼好看的電影？養貓嗎？我教妳。」烏拉拉恢復了他愛胡說八道的習慣。

烏拉拉將氧氣的掣閥打開。

藍色液體內，原本已開始昏厥的可憐人兒們，頓時好像輕顫了一下。

「最好還是丟個炸藥意思意思，免得他們起疑。」蒙面女沒有答話。

烏拉拉伸出左手，大喝一聲，掌心的火炎咒大熾，瞬間將十幾座貯藏玻璃筒掩埋在熊熊大火裡。

蒙面女本想轉身就走，但見烏拉拉露了這一手，不禁愣了一下。

沒有噴火器，沒見到任何輔助器材，這年紀輕輕、顯然不到二十五歲的大男孩，卻奇異地從身體製造出如此具破壞力的火焰。

不是吸血鬼白氏，卻同樣有超人類的能力。

「你很強嗎？」蒙面女瞇起眼睛。

眞是個尷尬的問題，自己剛剛才差一點被妳砸了個面目全非呢。烏拉拉心想。

「很強。」烏拉拉嘴角揚起。

第56話

十幾艘武裝的軍事砲艇、連同近百艘水警用的小船，在十幾分鐘內就從碼頭衝出，將出了狀況的貨櫃輪團團圍住。

東京特殊事件處理組的組長牙丸無道，與副組長牙丸阿不思，正站在最大的砲艇上，一個表情嚴肅，一個裝作表情嚴肅。

每艘砲艇上，固定在甲板上的快速狙擊砲都已裝填穿甲彈，砲口全瞄準了貨櫃輪重要的機件位置。

船上所有人都穿著黑衣，荷槍實彈，凝重地等待長官進一步的指令。

無道一舉手，上百名穿著潛水衣的蛙人便跳進海水裡，朝貨櫃輪潛行。

這些蛙人都是牙丸組的菁英，自動武器與傳統兵刃皆在行，除了防水的衝鋒槍，背上還掛著日本刀。這些受過無道嚴格訓練的牙丸武士，可不是船上那些傭兵可以比擬的。

「好像會突然聽見『轟隆』大爆炸聲音似的呢。」阿不思嘖嘖。

無道皺眉。

與阿不思搭檔了二十年，他就是聽不慣她慣性的「狀況外」。

這貨櫃輪已進入京都牙丸組的轄區，如果船上數以千計的貨品發生意外，這責任誰負得起？對準貨櫃輪的諸多炮口，不過是恫嚇未明的敵人，若眞要將貨櫃輪擊沉才能解決「麻煩」，自己這禁衛軍隊長的位置就丟定了。

「要不要呼叫十一豺備著？」阿不思問道。

無道緩緩點頭。

「嘻，還等你點頭呢，早就叫他們幾個趕來了哩，算算時間，也應該快來了吧。」阿不思搗著嘴笑。

無道心中暗歎。

十一豺，指的是東京禁衛軍裡，位階最高的十一名牙丸武士，直接受命於血天皇、無道，與阿不思，可說是最強的狂暴戰力，就連地位崇高的白氏都沒有權限命令十一豺行動。

十一豺被賦予「任意獵食」的最高榮譽。

在這個城市裡，百分之二十的可怖慘案都是這十一個吸血鬼所製造，只是被當局刻意地掩埋，宮澤在極機密小組裡便曾處理過好幾件。

一棟位於淺草市郊的高級公寓，被發現十五具東倒西歪的年輕人腐屍。一半又一半的腐屍。

屋子內除了前幾夜狂歡派對過後的糜爛殘留，到處都可見電鋸的暴力啃痕。被鋸斷沙發，被鋸得破破爛爛的樓梯，被鋸成兩半的電漿電視、浴缸、餐桌、冰箱。都是一半又一半的。

某台行經山手線的通勤電車，在通出隧道時竟脫漏了最末一節車廂。那節車廂隨後被宮澤等人點收吊走了，埋在檔案裡。

車廂裡頭就像一頭怪獸還未消化完全的胃袋，上班族、高中生、電車痴漢等，全都被某種強酸溶解成潰爛發泡的蛋白質。

澀谷最高的觀光大樓，一台直昇最高觀景樓層的電梯，在抵達終點時打開，卻發現裡頭塞滿八具乾屍。

看過乾屍的七個服務生、一個經理、十八名遊客，事後也被極機密小組分別帶開審談，然後極機密地被注射鎮定劑，極機密地送進地下皇城的廚房。

多不勝數的駭人犯罪。

在平時，這十一豺用犯罪的方式在整個東京漫遊晃蕩，過著極隨性的生活，只要知會阿不思等人一聲，他們也可以溜出東京，甚至日本，嚐嚐別地方的肉。

但只要一接到電話，十一豺就必須用最快的速度，趕到需要他們身體暴力的地方。

而此刻，已有三豺趕到碼頭，正要搭快艇。

「是誰？」無道問。

「歌德，狩，冬子。」阿不思。

九把刀的秘警速成班（一）

吸血鬼怕陽光，這點跟千年來的傳説相符，烈陽的威力可以「融化」他們，使他們變成黏稠的泡沫。但初晨、黃昏、陰天的陽光並不足以殺死他們，只會令他們較平常虛弱。此外，有些傳説是假的，吸血鬼並不怕聖水，這點可能跟近年來都沒有真正的聖水存在有關吧，誰知道；知道不管用就行了。吸血鬼也不怕聖經，有些甚至朗誦聖經的熟稔速度超過牧師，或乾脆任職神父佈道。歸根究柢，吸血鬼並沒有跟反基督信仰特別牽連，早在西元前好幾百年，吸血一族早就存在世界各個文化裡，不獨為西方基督所擁抱。

第57話

秋收的季節，空氣中飽滿著沉甸甸的大麥香。

在中國大北方遼闊的土地上，無數農村中都是無數農村的一個樣，純樸，與世無爭，同山林共棲在大自然荒蔓的節奏裡。

原始的深山裡有各種猛獸棲息著。

身軀昂藏的白額東北虎，能撲退東北虎的九尺赤熊，足以輕易勒纏死赤熊的二十尺大灰蟒，只要願意、隨時能將大灰蟒打成蝴蝶結的千年石頭精。一怪剋一怪，大地默默繁衍著無數想像不到的可怕存在。

險峻的山谷，湍急的河流，十數里不見人煙的凍原。只要一出人群聚集的小村，便是無盡的蒼茫與死亡。

一個無比合適，追求各種密術鍛鍊的地方。

□

烏拉拉知道，哥哥很喜歡隔壁村的小蝶。

爲什麼？雖然烏拉拉還不是很明白什麼叫「喜歡」，但看哥每次跟小蝶說話的緊張表情，就知道哥對小蝶有一份特殊的情感。

說起來好笑。

哥是個很大器的人，除了嚴肅的爸爸，他什麼都不怕。就連爸第一次帶著哥坐好久好久的火車去省城殺吸血鬼，哥一句話也沒吭，根本不當一回事。

但哥就怕小蝶嫌他臭。

哥每次去找小蝶，都會先洗澡，洗到快脫了一層皮才作罷。有時候還會拼命刷牙漱口，呼氣要烏拉拉聞聞看，確定沒有怪味了，這才戰戰兢兢地去小蝶家。

「烏拉拉！你在這裡練倒吊，不准下來！記住了啊！」哥將烏拉拉倒掛在樹上。

「哥，你又要去找小蝶啦？」烏拉拉吃吃笑了起來。

「笑，笑個屁啊，如果爸問起來……」哥哥皺著眉頭，有些侷促。

「知道啦，爸問起來，就說你去河邊練功了。」烏拉拉搖晃身子，雙腿緊緊勾在樹上，閉上眼睛，用哥哥教的特殊呑吐法將氣逆流。

哥一溜煙跑了。

等到哥再度出現在他旁邊的時候，手裡一定拿著好吃的東西。

「喏，麥芽糖，看起來很好吃吧？」哥總是在笑中帶著一些歉疚。

而聽話的烏拉拉，在哥去又回來這期間，雙腳一定不會離開樹幹，如果身體太累、一時頭昏眼花、或是腳抽了筋掉下樹，烏拉拉也會想辦法重新倒吊上去。因爲哥哥說，倒吊練氣的效果比較好。

而且哥哥只要摸摸他的腿，就知道他有沒有認眞練習，如果沒有，哥就會像上次他偷懶沒練大明咒時一樣，連續三天都不跟他說話。

所以哥叫烏拉拉獨個兒倒吊就倒吊，叫他靜坐就靜坐，叫他練咒就練咒；叫他試著用各種突發奇想的方式跟動物溝通，烏拉拉也只好照做，沒有第二句話。

有哥在的時候，兩個人邊玩邊練功，沒有哥在的時候，也得學會一個人督促自己。

烏拉拉很明白自己沒有哥的天賦，所以必須嚴格督促自己才能跟上哥的腳步，雖然從沒有人對他要求些什麼。

他只看見爸一直揍哥、一直揍一直揍。

說是揍，其實用「殘殺」更爲貼切。

爸每一拳每一腳都足以劈斷虎豹粗大的頸子，有時甚至還會用火炎咒毫不留情往哥的臉上噴燒。

揍到最後，父子兩人終於對打起來。

□

「烏霆殲，你只有這樣一點本事嗎？站起來。」爸冷冷地說，整條右手臂還冒著熊熊黑煙。

剛剛一輪狂襲，地上都是爆裂開的焦土坑，坑上嗶嗶剝剝著殘焰。

烏霆殲只是咬牙，掙扎著爬起。

「爸……你不要再打哥哥了……」烏拉拉顫抖地說，慢慢走到哥的前面。

爸瞪著烏拉拉，不發一語。

「烏拉拉，你讓開。」烏霆殲踉蹌站起，將烏拉拉推得老遠。

烏霆殲猛喝一聲，單手倒立，焦土隱隱裂動。

氣勁一震，烏霆殲已高高躍在半空中。

第58話

日子一天天過了，在荒野中的童年也即將走入尾聲。

烏拉拉十三歲，哥十六歲。

上次爸狠狠將哥揍了一頓，但因爲哥哥竟趁爸一個不留神，冷不防朝爸的下巴來上一記沉重的肘落，激得爸下手更重，打得哥差點爬不起來。烏拉拉在一旁嚇得面無人色，無法理解。

爸每次痛揍了哥就會出一趟遠門，至少兩個禮拜才會回來。

而今天早上，哥不知怎地突然發飆，瘋狂地朝爸連施殺手，引得爸回手的力道更不保留，幾十個回合便將哥哥的三根肋骨打斷、還蹴傷了哥的左膝，算是重傷了。

按照經驗，要等哥完全恢復才會回家的爸，這次大概要漫漫四個禮拜才會回來。這是烏拉拉最安心的時期。有爸在的時候，烏拉拉都很爲哥擔心。

□

一望無際的荒野凍原中，一點奇異的紅。

火堆旁，兩個映得紅通通的面孔。

烏拉拉看著哥手中架上的烤獐子，肚子早餓得咕嚕咕嚕叫，但哥不知道在發什麼呆，獐子已經烤到焦黑一半，卻沒有回過神來。

獐子的腳冒出火。

「哥。」烏拉拉終於出口。

「吃吧。」哥一震，將烤獐子撕了一半，將沒有烤焦的那半給烏拉拉。

兩個人大嚼了起來。

哥看起來心情很不穩定，心事重重的，吃了幾口，兩眼又陷入可怕的呆滯。

「哥，你喜歡小蝶對吧？」烏拉拉故意提起最容易令哥開心的事。

「嗯。」哥說，毫不扭捏。

因爲小蝶並不在這裡。

「哥，什麼是喜歡？」烏拉拉。

「嗯。」哥隨口應道。

這時烏拉拉才發覺，哥根本沒有專心在聽他說話。

眞不知道哥什麼事不開心了。

「哥，你看過媽嗎？」烏拉拉有點鼻酸。

「很小的時候還看過，印象很模糊了。怎麼突然這麼問？」哥看著火堆，眼中映著茫然的紅。

「不是，我只是在想，如果媽還在，爸一定不敢這樣揍你。」烏拉拉擦掉眼淚。

「是這樣嗎？」哥依舊看著火堆發呆。

烏拉拉放下吃到一半的獐子。

「哥，今天的你看起來很可怕啊。」烏拉拉。

「嗯。」哥不置可否。

「如果爸再繼續揍你，我們就逃走吧。」烏拉拉堅定說道。

「逃走？」哥又一震，整個清醒。

「我看爸沒有我們也可以活得很好，而我們沒有爸，也能夠當很好的獵命師……或許沒有那麼好，但終究還是可以成爲獵命師的。」烏拉拉天眞無邪地說。

「如果眞有那麼容易就好了。」哥拍拍烏拉拉的肩膀，將他拉近一點。

哥察覺烏拉拉眞的很害怕爸會揍死他，不禁感到心疼。

心疼到，眼淚幾乎奪眶而出。

「烏拉拉，記得我問過你，你長大以後想做什麼嗎？」哥平靜地說，絲毫不讓激動的情緒表露出來。

「嗯。」烏拉拉說。

「還沒找到吧？」哥。

「嗯。」烏拉拉點點頭。

「沒關係，就跟我說的一樣，先將一個獵命師當好，再慢慢找自己想做的事。烏拉拉，從現在開始，哥要教你一些獵命的技術。」哥說著說著，眉宇間似乎下定了某種決心。

「這是偷教嗎？」烏拉拉有些躊躇。

除了怕爸揍死哥，他也怕爸將那套狂風暴雨的揍法搬到他身上。

烏拉拉曾問過爸爲什麼哥早已學會的東西他卻不需要碰，爸只是淡淡回應說，這些東西等到他開了竅再學不遲。但哥既然認爲他有資格破表學習，他也不能妄自菲薄，自己先氣餒起來。

「對，是偷教，所以不能告訴爸，也要想辦法不讓爸察覺。烏拉拉，當一個好的獵命師必須經過種種嚴格的訓練，但要當一個厲害的獵命師，可不是按部就班就能辦得到。所以除了體術跟咒，哥還要教你獵命，這件事越早越好。」哥鄭重告誡，伸出小指。

看著哥閃閃發光的眼睛，烏拉拉有些豪氣干雲起來，於是也伸出小指。

「好！」

第59話

火堆旁，哥開始解釋爸從沒眞正教導過烏拉拉的獵命師知識。

「首先，打開你的手掌。」

烏拉拉依言打開手掌，除了一些因練功而受傷的疤痕外，掌心是習以爲常的空白，與鄰人小孩都不一樣。

獵命師一族的雙手掌心，全都是皎潔的空白。上天並未給這個族類任何註解、任何提示……做出任何承諾。

「我們獵命師的體質天生就迥異於常人，我們沒有所謂天生註定的『命』，一切都是未定之天，這種過渡性極強的空虛體質，使我們能夠使用獵命術，擒捕在天地之間流竄的種種『命格』。」哥自己也打開手掌。

「這些我早就知道啦。」烏拉拉接著說：「我們可以用體內特殊的血在身上塗寫只屬於自己的咒語，然後將命格封印在身體裡面，如果不這麼做，命格就會一溜煙跑走啦。我也只知道這樣而已。」

哥摸摸烏拉拉的頭。

「如果粗略來分的話，這世間上所有的命格可以分爲天命格、情緒格、機率格、集體格，以及修煉格這五種，這五種命格的分類法則只是人爲的制定，其實之間都有模糊地帶，相互沾染。」哥還是不厭其煩，從頭開始解釋。

所謂的天命格，是指天生就存在世間的奇命，有應運天道而生，有始自渾沌便自然生成；有的珍貴異常，天道終結便消失；有的強留人間，蛹化他命。

「我們獵命師的第一代老祖宗就是姜子牙，他所獵到的『萬壽無疆』就是一等一的天命，喏，你瞧，大概就是像這樣，左手掌紋的生命線咻咻咻跟右手掌紋的生命線連成一氣，所以超難死的，了不起吧！」哥哥張開雙臂，比手畫腳解釋著。

「那不就活到很不耐煩？」烏拉拉張大嘴巴。

「活得越久，學到的術就越多越恐怖啊，將時間拉長來看，『萬壽無疆』篤定是天命中的天命！」哥笑著。

而情緒格的命，乃吃食宿主的特殊情緒茁壯，並刺激宿主產生特殊情緒與腺體分泌，比如怒氣、傲氣、狂喜、悲傷等等，都能夠作爲宿主力量增幅的武器。

「天命格聽起來就很強的樣子，比起這個情緒格要可靠多了。」烏拉拉嘖嘖。

「也不見得，天命格有大有小，上有眞命天子，下有四衰五敗，而情緒格更是浩繁如海，西楚霸王的『千軍萬馬』，便是爸的珍藏。只要一用『千軍萬馬』，光是氣勢就足以震得敵人站不穩腳。重點是宿主是否能夠將命格的力量發揮到極致，如果沒有器量卻靠天命格君臨天下，也會承受不住早逝或令朝代終結。」哥哥看著手中的獐子在火裡焦得冒泡。

「『千軍萬馬』啊……」烏拉拉閉上眼睛，遙想書本上項羽不可一世的氣概。

千年前縱橫在中原大陸的無數馬蹄聲，彷彿直貫耳裡。

至於機率格的命，則是命格藉由不斷累積的發生機率繁衍能量，以增加下一次發生機率，越來越多次層層交疊的發生機率，命格的能量就會越來越大，進而成長。反之則萎縮。

「很難懂啊。」烏拉拉聽得一知半解。

哥笑了，這種玄奇的東西本來就怪誕到匪夷所思的地步。

「比如賭博，如果宿主善用機率格的命就能一直贏下去，越贏就越強。又比如打鬥，宿主用機率格的命跟對手比拼，若對手居然還是將宿主打敗，命格受挫，力量就會萎縮。」哥哥說，漫不在乎地咬著炙燙的獐肉。

「萎縮？會變不見嗎？」烏拉拉搔搔頭。

「萎縮到不行的話當然就會不見啊。」哥說。

「那越強會怎樣？」烏拉拉好奇。

「命格便會演化，變成更強的命格，最厲害的時候還可以脫離宿主，變成妖怪，變成妖怪就是修成正果。爸說，修煉成精怪是每個命格最終的願望。」哥嚼著。

「哇！命格好像是活的東西喔！」烏拉拉讚嘆。

哥嘆氣，又說：「爸有種不錯的機率格的命，加上他的直覺，如果我們逃走，他有很大的機會可以把我們找出來。再加上別的獵命師肯定幫著他找，這麼多機率格夾殺，我們怎麼逃？」

烏拉拉看著哥，原來哥早就考慮過逃走的問題。

集體格的命格也很了不起，它很容易影響到別人的命運，因爲它的存在就是以牽動他人命運爲運作方式。以中國的鄉野傳說來簡單解釋，有的人一生下來就剋父剋母，或是讚美女子有「幫夫運」等等，就是這個意思。

「集體格的命如果用來打鬥的話，團體作戰一定比單打獨鬥還要有效。」烏拉拉想了想，繼續說：「情緒格的命如果能量夠大的話，說不定也有集體格的功效吧？」

哥哥摸摸烏拉拉的頭，笑說：「沒錯，大致上都對了。」

烏拉拉得意地吃著獐肉。

「如果善加利用集體格，就算要殲滅一整個敵對的族類，說不定是最有效率、也最安全的方式。」哥哥說，有時集體格的命就像傳染病一樣，影響範圍又快又廣。

但一個好的獵命師，除了藉助命格特殊的能量加持，還要有超強的體術與咒術，才能將所有的力量媒合到最佳的狀態。

所以產生了「修煉格」。

修煉格的命格依附在宿主身上，依各宿主修煉的程度演化成不同的純粹能量，通常會搭配他種的命格作爲修煉的基礎。

最基本的例如，要讓機率格的命有跳脫成長週期的蛻變，就要讓自己不容易被打敗，累進成功的次數。又例如，要讓情緒格的命不僅有氣勢上的效果，就要讓自己的實力大幅超越命格，帶動體內命格的激烈擴張。

修煉會改變命格的形態、性質、力量，或可稱爲「突變」，或根本「無中生有」，以鍛鍊出宿主有意識要完成的命格狀態。

「哥，你一定是修煉格的行家，因爲你練功超拼命的！」烏拉拉說。

「喔？」哥不置可否。

「每一種平凡無奇的命到了你手中，一定會突變成超厲害的命！」烏拉拉越說越熱血，興奮了起來。

哥莞爾。

要讓一個命產生突變，可知其中藏有多少艱辛。一個獵命師可能終其一生都無法將命修煉到足以跟自己完美搭配的狀態，更別說無中生有、產生新品種的命格。

「哥，你試過將命鎖在身上了嗎？」烏拉拉眼睛露出期待。

「嗯，除了天命格，每一種命格都試過了幾次，用爸的貓。這只是暫時的，總有一天我們都要找到自己的貓，慢慢培養默契。」哥說：「從一隻靈貓身上可以看出牠主人厲不厲害，但對我來說，顏色才是重點，一定要黑的才酷。」

「那你掛上命格的感覺怎樣！」烏拉拉很興奮。

「……每一種命格的感覺都不大一樣，眞要說起來，情緒格的命或許最適合我吧，因爲非常的戰鬥……很純粹的戰鬥。」哥說。

「說起來，爸竟然也有修煉格的命啊！爸眞的有那麼強！」烏拉拉又驚又喜，直拉著哥：「爸的修煉格叫什麼名字？」

哥卻不說話了，陷入好久好久的沉默。

烏拉拉感覺到哥的沉默裡包含了很複雜的成分，於是也不敢說話了。

許久，天飄下了細細的雪。

緩緩的，濁灰色，覆蓋了這片一望無際。

每一顆雪裡，都包裹著一粒來自更遙遠荒漠的沙。

「烏拉拉，拿出你所有的本事，跟我對打吧。」哥哥突然開口。

對打?!

「……就跟白天時你跟爸那種對打嗎？」烏拉拉驚異不已。

哥緩緩點頭，表情非常嚴肅。

「從現在開始，你要有自覺，如果你不跳進凍土河裡練火炎咒，我不會等你自己跳，也不會從後面推你。」哥站了起來，一旁的火堆突然大盛。

烏拉拉的汗毛湧起疙瘩。

哥變得很可怕，整個人的氣像是著火般、朝自己狂猛地吹襲。

哥的眼睛瞇成一條瘋狂的線。

「我會殺了你。」

請君入甕

命格：修煉格

存活：一百年

徵兆：乩童體質，陰陽眼，神明托夢，經常處於夢遊的恍惚狀態。

特質：將靈魂狀態經由冥思，快速擬化成民間習俗中的中低階鬼神，透過訓練可以使肉體擬化出力量大的鬼神，力量的特質則視鬼神而定。

進化：天降神兵，百鬼夜行。

第60話

貨艙外都是血。

牆上，地上，管線上，風口上，誇張的血跡像紐約布魯克林區被黑人塗得亂七八糟的牆畫。

一幅，由吸血鬼身上榨出的狂亂紅色塗成的畫。

如果要將剛剛五分鐘發生的一切倒帶的話，大概就是如下情景：

數十名身著黑衣、手持武士刀的牙丸精兵，井然有序地踏著颯颯的軍武步伐，高舉刀，擺開「天地」的起手式。

黑衣仍在滴水。

答。

答。

答。

牙丸武士們每踏開一步，地上就多出一道不疾不徐的溼淋淋腳印。

即使仗著人多，這群牙丸武士完全沒有必勝的驕態。冷然的雄魂氣勢，是無道嚴格軍事訓練的必然結果。

肅殺。

牙丸武士行以圓陣，步步逼近單手倒立在地上，吹著口哨的烏拉拉。

烏拉拉笑嘻嘻，兩隻腳在半空中搖擺，裝作快要倒下的不平衡。

「不問我的名字嗎？」

但根本沒有人回答他。

烏拉拉撐在地上的那隻手與地板之間，撕裂著一種不安定但某種無法形容的、被壓抑的聲響。

那神祕的聲響撩動著不安，絲毫不輸給這近百名武士所製造出的肅殺感。

牙丸武士鐵青著臉，越接近烏拉拉的武士，動作就越緩慢，凝滯。

「那眞是太可惜了，我很喜歡自我介紹呢。」烏拉拉笑著。

語畢，烏拉拉瞬間暴喝一聲。

一股難以抵禦、排山倒海的氣勢以一個不規則形狀衝出，穿透每個包圍武士的身體。最駭人的反包圍！

即使受過最嚴格的訓練，每柄高高舉起的武士刀仍都愣了愣。

「龍火吞襲！」

烏拉拉壓在地上的那掌拔地騰空，那致命的空隙，竟暴射出龍捲風似的巨火！

火的屠殺。

大火狂焰裡，牙丸武士狂揮著刀，大吼著。

但前仆後繼地倒下，倒下，然後又一排排倒下。

「跟哥哥的動作比起來，你們簡直就是在跳舞啊。」烏拉拉在高速劈落的武士刀中閃躲，用更快速的手刀切開持刀者的要害。有時閃躲不及，烏拉拉甚至徒手作刀，硬碰硬將武士刀彈開。

畫寫在掌緣的斷金咒。

烏拉拉的體術已不再是純粹的體術，而是融合了各種簡單咒文的高超技術。

大火外圍，一道快速絕倫的黑影鬼魅般地倏忽流逝，用鏈球將衝逃出大火的漏網之魚，一一擊殺。

可謂近二十年來，吸血鬼城東京所蒙受最可怕的軍事打擊。

□

「你挺不賴的嘛，如果大火控制不住把整條船都燒掉，就前功盡棄了。」高大的蒙面女說著反話，瞪著自動撒水器噴落出的大量海水澆在熊熊大火上。

「嘿，還是煩惱一下妳說的計畫吧！」烏拉拉喘著氣，身上的衣服被自己施出的火燒得破破爛爛。

轟的一聲，船身竟破了個洞，大火末端被削出一道風口。

一個手持電鋸的壯碩大漢，面無表情地站在風口上，身後的海風不斷灌進。

破洞外，一艘小快艇浮在外頭，隨著海潮晃動。

「似乎不是個簡單的人物哩。」烏拉拉瞪著大漢，伸手撿起地上的武士刀。

身高超過兩百五十公分的大漢，穿著街頭遊民似的破爛衣服，單手扛著蹭蹭尖嚎的電鋸，臉上的面無表情，竟是因爲覆蓋著一張半腐爛的人皮。

「東京十一豺，愛玩電鋸的瘋漢，歌德。」蒙面女低聲說。

烏拉拉看了蒙面女一眼，似是在詢問她的意見。

歌德踉蹌大步前行，一副無所謂的愚笨樣子。

「殺了他！」蒙面女低喝，衝出。

「搶他的船！」烏拉拉也掠出。

兩人從左右各自衝近電鋸漢歌德，蒙面女飛甩鏈球，烏拉拉橫托武士刀。

電鋸漢歌德無視兩人攻擊，任由飛快的鏈球砸在自己臉上，隨手狂揮電鋸，斜斜將烏拉拉手中的武士刀削斷，直劈到烏拉拉面前。

烏拉拉大驚，急速後躍滾地，躲開。

赫然，一個穿著白衣的女子從後方洞口飛進，一腳踏上歌德的肩，借力一躍，往倒地的烏拉拉殺去。

烏拉拉大驚，身子一滑，堪堪躲開一道閃光。

地上沒有爆出什麼大洞或切痕，只有幾滴血。

「哎呦，多可惜！」女子蹲在地上，笑笑擦擦嘴角的血。

十一豺，冬子！

武器，甜美貪食的嘴。

「喂，有沒有毒啊？」烏拉拉皺著眉頭，看著右肩上的咬傷。

居然，還是躲她不過。

「哎呦，不需要呢。」冬子笑嘻嘻，張嘴，隨即又化成一道森然閃光！

閃光像豹子般朝烏拉拉瘋狂進擊，瞬間已連撲十七下，最後才停在上方管線，虎視眈眈下方的烏拉拉。

烏拉拉身上又多出兩道新裂傷。他瞥眼不遠處交戰的電鋸漢歌德與蒙面女，那歌德似乎沒有痛覺，什麼「致命傷」的定義對他來說都是教科書上的玩笑似的，蒙面女連續擊中他好幾次，歌德就是一昧笨拙地揮砍恐怖的大電鋸。

又看看頭頂上滴著口水的冬子。

冬子兩腳倒勾著管線，兩手揉著包在白衣裡的兩粒奶子，笑嘻嘻又道：「乖小孩平常有在運動哩，我只吃到一點點血就比平常滿足哩。哎呦，想不想摸個奶？」

「啊？」烏拉拉失笑。

「哎呦，再給冬子姊姊好好吃一口，冬子姊姊就給你吸奶。」冬子眼神熱切。

「好啊！只能吃一小口喔。」烏拉拉開心道，雙手環抱著胸。

冬子大為興奮，立刻從天花板跳下，將自己身上的衣服撕開，迸出兩粒渾圓雪白的大奶，將頸子微微上仰，粉紅色的乳頭漲大激凸，一副「快來吸吧，傻孩子」。

猛不及，烏拉拉一個豪邁的迴旋踢。

「哎呦！」

烏拉拉一腳將大方露出破綻的冬子給踢出破洞，哇哇墜入大海。

「還不快幫我！」

蒙面女怒叫，烏拉拉搔搔頭，看著一旁的蒙面女已陷入苦戰。

鏈球上的鋼鏈剛剛被鋸斷，襯手的武器一失卻，蒙面女只有東躲西閃的份，狼狽的樣子像極了恐怖片裡驚慌失措的女主角。

歌德的動作乍看下遲緩無用，卻充滿無法挑剔的凶惡霸道。

「別管他了，快閃先！」烏拉拉眼神一個示意，抄起兩把武士刀飛擲過去。

武士刀恰恰釘住歌德的腳掌，但歌德只是頓了頓，隨即用手將武士刀喀喀拔出。

而蒙面女跟烏拉拉也趁著這一遲疑，跳出破洞，登上歌德搭乘的快艇離開了貨櫃輪。

第61話

快艇在夜色裡，無數探照燈下離去。

「這樣可以嗎……就讓他們這樣跑走？」阿不思。

「把船打沉了，恐怕更不好抓吧，當務之急是用最快的速度減輕貨品的損傷。更何況……」無道沉吟。

既然來犯者能夠順利從歌德與冬子手中逃脫，迫擊砲的威力也只是將船打沉，無法解決兩人。

而且，無道突然很想知道這兩人是什麼樣的角色，受誰的指使，來自何方。

「是啊，更何況……」阿不思搗著嘴笑。

□

快艇上，烏拉拉與蒙面女都不說話。

他們並不奇怪爲什麼那些迫擊砲沒有朝快艇轟擊，只是象徵性地派幾艘小艇在後頭跟著，幾個加速，就遠遠將小艇甩脫。

快艇在一處垃圾與油污漂浮的地方靠了岸，烏拉拉與蒙面女下船後便匆匆分開，一左一右快跑。

烏拉拉跑著跑著，穿過台場一處幽暗的公園，穿過兩條人煙稀少的街，然後鬆了一口氣似的，走進一處幾乎可稱廢棄的老公寓……

不知何時，烏拉拉手裡拿著罐冰烏龍茶，烏拉拉一邊大口喝著、一邊走在公寓樓梯裡，直走到五樓的天台上，哼起歌來。

烏拉拉將喝光的烏龍茶鋁罐輕輕拋上半空，然後將空鋁罐當作毽子踢。

踢，踢，踢。

然後罐子被輕輕踢到天台的角落，咕隆咕隆地在地上滾著，最後碰到了矮牆才停止。

角落外，忽地翻出一個人，這一翻落正好壓癟了地上的鋁罐。

啪唧。

一雙賊眼瞪視著烏拉拉。

烏拉拉也打量著這一路跟蹤他的吸血鬼。

雄性，個頭矮小，穿著隨處可見的牛仔褲與襯衫，模樣還是個國中生年紀的孩子，但眼睛裡的滄桑卻透露出很複雜的資訊。

衣服還沒乾的，狩。

一個從小就遭到感染的吸血鬼，「受封」爲東京十一豺之一，也已一百多年。

「什麼時候買的飲料？」狩很介意。

他剛剛一路跟蹤烏拉拉，卻沒發現烏拉拉什麼時候買了烏龍茶。

烏拉拉的手有這麼快？

「你剛剛一直躲在快艇底下吧？」烏拉拉沒有正面回答，反問。

烏拉拉脫掉焦黑碎裂的上衣，露出一身恰到好處的精瘦。赤裸的上身，仍印刻著他獨一無二的鎖命咒縛，赭紅色漢字畫記的鄧麗君「月亮代表我的心」歌詞。幾道今晚留下的傷痕發出誘惑吸血鬼的氣味。

「那是什麼？支那人的座右銘嗎？」狩也是反問，肚子咕嚕咕嚕怪叫。

「差不多了。你也想要嗎？我幫你寫。」烏拉拉笑笑，他總是這樣的。

不曉得這個狩有沒有像冬子那樣愚不可及的「破綻」，可以讓他一腳踢下樓，快速了結。

「好幾十年前，我也曾在銀座附近遇到一個像你一樣，把無聊的座右銘寫在身上的笨蛋。」狩說，扭扭脖子。

「喔？還記得他的名字嗎？」烏拉拉好奇。

「已經吃進肚子裡的東西，就別再提了。」狩搖搖頭。

烏拉拉點點頭，同意。

於是擺開簡單的架式，將僅剩的氣力緊緊裹在肌肉裡。

今晚他已將咒術的能量用罄，又沒有將紳士帶在身邊，只有用戰鬥的基礎，體術，來決勝負了。

「你的程度在十一豺裡頭，算是前段班還是後段班吶？」烏拉拉認真問。

「打贏了我，再告訴你答案吧。」狩皺著眉頭，半彎著腰，一副很噁心想吐的姿勢。

「好，如果你打贏了我，我也跟你說我的來歷。我想這肯定是你跟蹤我的理由。」烏拉拉說，一跺腳，就衝向狩。

狩隱隱一驚，明明烏拉拉只是簡簡單單的一拳過來，卻好像有什麼背後的氣勢在支撐著他，讓狩覺得「可不能被這樣的拳打中」。

但狩可不是一般的角色，他的能力在十一豺裡可說是最駭人聽聞的——猛毒！

狩不閃不避，張大嘴，一大團發燙的酸液從食腔內暴射出，吐向烏拉拉。

「臭死啦！」烏拉拉以滑壘的姿勢斜斜傾倒，後翻躲開。

酸液在地上爆開，水泥地板頓時變成一灘爛泥巴似的糊狀物，四處飛濺。其中幾滴酸液還是不可避免地噴到烏拉拉的身體，冒出與血水交融的黃色液泡。

「好痛。」

烏拉拉躲開的瞬間，狩已妖異地高高躍在半空，對準烏拉拉，往下又嘔吐出一大團被奇怪薄黏膜包覆住的酸液。

烏拉拉一時不知道該怎麼應付，只好用最快的速度閃躲開。

酸液一碰到地，立刻像致命的化學藥彈爆炸，裹著融化的水泥亂濺一通。

烏拉拉只得低下頭，縮起身子，免得眼睛給噴瞎。他身上已經有十幾處給燙出黃色液泡，發出難聞的焦煙。

狩落下，臉色極爲難看。

「這只是前奏。」狩臉色蒼白，說：「我的胃越來越餓，也越來越不舒服了。」摸著不斷鼓起、縮小、鼓起又縮小的肚子。

但烏拉拉的臉色更難看。

要是直接被那酸液炸碰到，又沒有立刻死掉、化爲一團無腦的蛋白質，那連皮帶骨溶解的過程一定非常痛苦。

烏拉拉強打起精神，但失去咒術力量的他，其實毫無對策。

「你自己沒發現吧，你的身上有種叫做『食不知胃』的爛命，你會成爲吸血鬼不是偶然，這種吃東西不雅觀的能力也不是偶然。」烏拉拉一邊說，一邊分析剛剛簡短交鋒的戰鬥資料。

「好幾十年前，那個在身上鬼畫符的人也是這麼說，還說什麼他可以幫我解脫……解脫個屁。」狩冷冷道，腳步竟有些不穩。

「他好吃嗎？」烏拉拉亂問一通。

「如果好吃的話就好了。」狩的眼皮顫動，一抹感傷。

狩的體質其實並不好，從小體弱多病，還罹患醫書毫無記載的罕見疾病。會自願成為吸血鬼，不過是當時年輕的狩不甘心生命了無生趣，想藉由「新的體質」來擺脫人類疾病苦痛的解脫。然而結果卻不如他的預期。

不死的生命只為他帶來無窮盡的病痛折磨。

狩天生就無法正常地進食。

若是像正常人般將食物咀嚼、吞嚥、吃進肚子裡，食物不僅無法消化，還會像炸藥一樣撕扯狩那「有特殊需求的胃」，令狩痛得在地上打滾，直到奮力將食物嘔吐出來為止。

狩必須將胃液從嘴裡乾嘔出來，在外頭好整以暇消化食物後，才能將已被胃液中特殊的酸酵素分解的「異化蛋白質」撈吃進肚。但異化蛋白質吃起來索然無味，有時還混著衣服的絲纖維、塑化纖維、皮草纖維等怪味，讓狩極爲痛恨。

但若幾天不吃東西，狩又會飢餓到想撞牆。想自殺，又沒勇氣。

「你吃東西沒什麼味道吧？姿勢又難看又沒禮貌，不如死一死。可是吸血鬼都是怕死的膽小鬼，所以你才會死不了。」烏拉拉笑笑，身上的「千軍萬馬」震動起血字咒縛。

狩大怒，一吼：「那又怎樣！」

狩快速跳上，嘴張大。

烏拉拉也跟著跳上。

第62話

狩一愣。

烏拉拉笑笑。

烏拉拉剛剛冷靜一想，從那黏膜的構造與狩跳上的動作來看，他已發現狩的「弱點」。

如果狩的酸液沒有用黏膜包覆，直接用噴射狀的無差別攻擊，破壞範圍更廣，對手豈這麼容易躲過？所以黏膜的存在，不是狩有意識的「武器化」，而是胃保護狩的生理機制。

那不知名成分的強酸液只容於胃裡，如果要吐出體外，整個食道恐怕會先被溶解；所以黏膜是狩的胃因應他的特殊情況而產生的自然包覆。

而狩攻擊時習慣往上跳，更應證了這樣的猜測。高高跳上，等到溶解對手後再從容回到地面，比較不會誤傷到自己。

狩見到烏拉拉跟著跳上，雖愣住，卻立刻平行往烏拉拉的方向嘔噴出酸液球。

「胃液總會有用完的時候吧？那時候還不宰了你。」烏拉拉輕易往旁躲開，心想。

酸液球在遠處落下，將一個衛星小耳朵炸壞，鋼鐵塑材立刻歪曲變形。

兩人同時落下，又同時跳上。

狩不再徒勞無功地吐出酸液球，只是冷冷地看著一同躍起的烏拉拉。

飄著怪味的夜風裡，兩人在這城市的上空互相打量著對方。

「你這個人觀察力很強。」狩說。

「你這個吸血鬼蠻會跳的。」烏拉拉對自己的腳力很有自信，他很敬佩狩可以跳得跟自己一樣高。

兩人又落下，幾乎沒有休息，又同時上躍。

「你不是第一個發現所謂的『我的弱點』，但卻是第一個在我兩次攻擊後，就找到這個所謂缺陷的人。」狩冷冷說。

「所以你得節省點吐。」烏拉拉說。

兩人落下，又跳上。

半空。

「不必。」狩突然張嘴，往一旁的烏拉拉疾吐。

上百顆包覆黏膜的胃酸液球！

「幹！」烏拉拉慘叫。

烏拉拉急中生智，凌空一轉，使身體變成與大地平行的一直線，將被攻擊的面積縮到最小。

胃酸液球碎天花雨般從烏拉拉身旁飛過，啪啪啪啪，烏拉拉鞋底被穿蝕，腳掌疼得幾乎要抽搐。

再落下時，烏拉拉幾乎站不住。

「好了，我已經知道十一豺的實力大約在哪裡了。果然不愧是東京牙丸兵團裡最厲害的角色，你一定是經過嚴酷的訓練才將缺陷翻轉過來吧。坦白說，依我現在的狀態，不是隨便斷幾根肋骨就能打敗你的。」烏拉拉快速打滾，以快應變，言語中頗爲後悔。

要是紳士在這裡就好了。

現在要獨力打敗狩，可得捨棄極爲稀有的「千軍萬馬」。

「你言下之意，若是在別種狀態，就非常有自信能快速打敗我？」狩邊說邊嘔吐，神色頗不以爲然。

這次吐射出的酸液彈卻不若剛才多，可見一次發射出百多枚酸液彈還是需要醞釀的。

烏拉拉乾脆跳往下一棟樓逃開。

狩也跳躍著跟上，一鎖定烏拉拉，便噴吐出散彈式的酸液彈。

兩人一追一逃，強健的腿力瞬間跨越了七、八棟樓的樓頂天台，無數水塔與天線被酸液融蝕，烏拉拉身上亦傷疤點點，有些傷口還噴著血霧。

「再逃啊！」狩陰狠地說。

烏拉拉身上的「千軍萬馬」狂震，似乎非常不滿烏拉拉以逃竄作爲唯一的策略。

「馬的，還不出現。」烏拉拉苦笑，腿一蹬，又回到原先第一棟樓樓頂。

□

三十三分鐘前。

東京灣，載滿昏迷人類的貨櫃輪。

近百牙丸武士登船前一刻。

「你這麼強，那幫我殺個吸血鬼吧。」蒙面女瞇起眼睛。

「好啊，殺了就告訴我妳的名字吧，吸血鬼朋友。」烏拉拉咧開嘴笑。

「不行。」

「好吧。」烏拉拉吐吐舌頭：「反正妳太高了，不是我喜歡的型。又是吸血鬼，雖然說改過遷善，但怎麼說都無法在一起。」

蒙面女瞪著烏拉拉，不知道他在胡說八道什麼。

「如果我們撐到十一豺來再逃走，設法引他們其中之一跟蹤，憑我們兩人合力說不定可以殺死其中一個。」蒙面女眼神凝重。

「兩人合力？靠，我一個人就搞定了。」烏拉拉不置可否。

「無論如何，要等他們落單。」蒙面女。

□

十五分鐘前，兩人到了快艇上，用簡單的唇語溝通。

「等一下分頭跑，如果船底下的混蛋跟蹤我，你就設法找到我。反過來那混蛋若是跟蹤你，你盡量撐住，我也會找到你。」

「嗯，趁對方以為能贏的時候，另一個衝出來把他幹掉。是這樣嗎？」

「就是這樣。」

□

狩此時發現，烏拉拉只是在附近的區域固定跳躍。

顯然是在思量什麼策略？

狩狂吐，冷笑：「想吧，我比你多了一百年的智慧，還多了一百年的修行！要躲到我吐到沒胃液了，可沒這麼容易。過了一百年，什麼能力都可以訓練出來！」

的確如此。

烏拉拉躲到水塔後，水塔卻瞬間爆破。

已經很久很久，在這個號稱沒有獵人的魔都，狩都沒有眞正戰鬥過，經過這一番跳躍追殺，狩逐漸找回他完全投入的戰鬥感。

與嘔吐的節奏。

「幸好是十一豺而不是一百零一豺，媽啊哪來的怪物。」烏拉拉苦笑，仗著優異的體術跟障蔽物，躲過一波又一波的酸液散彈。

但烏拉拉身上所受的零零碎碎的傷，逐漸削弱他閃躲的靈敏度。

更難看的是，烏拉拉身上的「千軍萬馬」乃是以一敵百的豪命，無法忍受宿主不斷的躲避，幾乎要漲破咒縛而出。

烏拉拉咬著牙，這樣下去不行，只好進行計畫B。

他開始用眼角餘光搜尋街上的路人。

遠處，一個賣糖炒栗子的大漢有氣無力吆喝著，推車在街邊上。

附近無人。

「殺定了你！」狩高高躍起。

「『千軍萬馬』，珍重再見！」烏拉拉奮力一跳，墮樓！

烏拉拉在半空中，短短一瞬間便將血字咒縛解除，落下時，一腳踏垮停在路邊的汽車，便一個大借力往炒栗子大漢急蹤。

烏拉拉瞇起眼睛，運起他最不可思議的嫁命絕技，一掌飛快往大漢的額頭拍去！

大漢一怔，卻飛快舉起左掌硬架！

「也行！」

烏拉拉大叫，與大漢掌碰掌。

轟！

烏拉拉往後一摔。

炒栗子大漢也往後一摔。

酸液激落，栗子攤瞬間爆開，變成一堆冒著怪味濃煙的爛泥。

「這麼強？」烏拉拉坐在地上，呆看著瞬間被燙傷的右掌。

右掌空白一片。

「搞……搞什麼鬼？」炒栗子大漢剛撞碎了身後打烊的商店櫥窗，張大嘴巴，看著逐漸燒滾的右手掌心上怪異扭曲的掌紋。

掌紋快速旋轉，好像一匹狂草的奔馬。

什麼跟什麼啊……大漢慢慢昏倒。

《獵命師傳奇》卷二　完

命格的邏輯圖

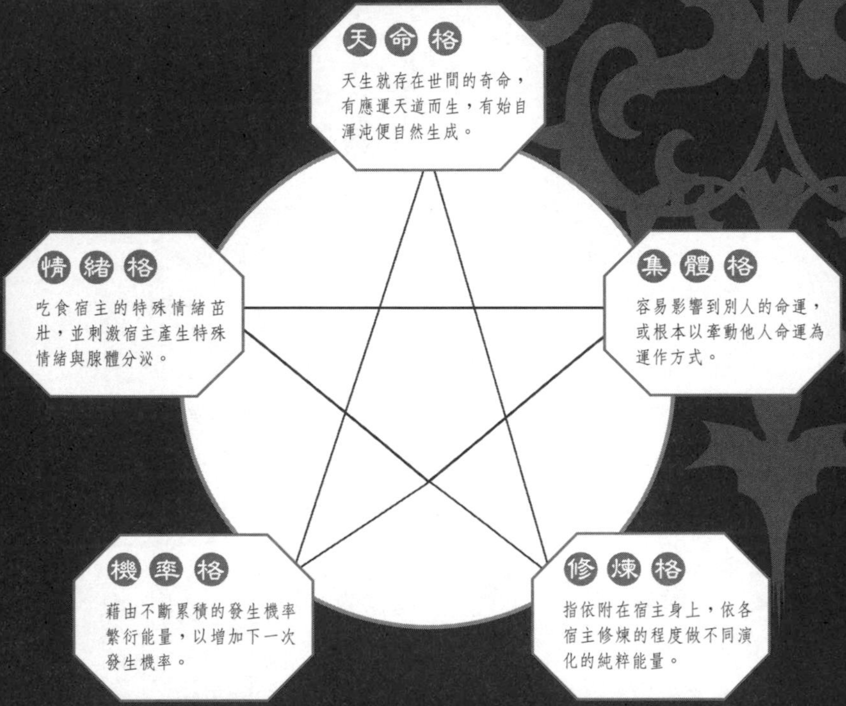
天命格
天生就存在世間的奇命，
有應運天道而生，有始自
渾沌便自然生成。
情緒格
吃食宿主的特殊情緒茁
壯，並刺激宿主產生特殊
情緒與腺體分泌。
集體格
容易影響到別人的命運，
或根本以牽動他人命運為
運作方式。
機率格
藉由不斷累積的發生機率
繁衍能量，以增加下一次
發生機率。
修煉格
指依附在宿主身上，依各
宿主修煉的程度做不同演
化的純粹能量。

下期預告

獵命師傳奇
FateHunter

這是美軍進入廿一世紀以來，在東亞史無前例的大規模軍事行動。

但美軍的航母艦群並不孤單，以劍聖命名的「武藏丸」號為首的日本自衛隊驅逐艦群，以美日安保條約中的聯合軍演作為出動的幌子，在大海上與美軍遙遙對陣著。

雙方戰艦上，數十支巨大的白色屏狀雷達緩緩繞轉，生怕比對方晚一秒捕捉到可疑的動靜。海風中帶著鹹鹹的溼氣，與肅殺的可怕寧靜。

雙方的軍事設備越是先進，彼此的對峙就越危險，只要有一方誤判了訊息，一發倉促的迫擊砲彈，就可能導致數枚核彈從海底升空……

國家圖書館出版品預行編目資料

獵命師傳奇. Fatehunter／九把刀 著；
——初版.——台北市：蓋亞文化，2005【民94-】
冊；公分.——（悅讀館）
ISBN　986-7450-21-3（第2卷：平裝）

857.83　　94002005

悅讀館　RE011

獵命師傳奇系列【卷二】

作者／九把刀（Giddens）
繪圖／翁子揚
出版社／蓋亞文化有限公司
地址◎台北市103赤峰街41巷7號1樓
電話◎（02）25585438　傳眞◎（02）25585439
部落格◎gaeabooks.pixnet.net/blog
網址◎www.gaeabooks.com.tw
服務信箱◎gaea@gaeabooks.com.tw
投稿信箱◎editor@gaeabooks.com.tw
郵撥帳號◎19769541　戶名：蓋亞文化有限公司
法律顧問／義正國際法律事務所
總經銷／聯合發行股份有限公司
地址◎新北市新店區寶橋路二三五巷六弄六號二樓
電話◎（02）29178022　傳眞◎（02）29156275
港澳地區／一代匯集
電話◎（852）27838102　傳眞◎（852）23960050
地址◎九龍旺角塘尾道64號龍駒企業大廈10樓B&D室
初版二十二刷／2014年7月
定價／新台幣 180 元
Printed in Taiwan

ISBN／986-7450-21-3

RE011
GAEA

獵命師傳奇
天命在我・自創一格
——創意命格有獎徵文活動

替獵命師們構想奇命！為自己開創中獎命數！

由於反應熱烈，命格徵文活動將改爲每集固定舉行。我們會在每集《獵命師傳奇》出版前，固定由作者九把刀遴選2～3則投稿，讓你設計的命格在下一集《獵命師傳奇》的世界中登場！

獲選者可獲贈《獵命師傳奇》週邊商品，及九把刀最新作品一本。

■ 注意事項

◎命格投稿請比照書中一貫的描述格式，並塡寫於本回函所附表格

◎請參加讀友留下正確姓名地址，以便發表時註明構想者與贈獎。

◎本活動遴選之命格使用權利歸蓋亞文化有限公司所有。

◎活動及抽獎結果，將於每集《獵命師傳奇》出版時公佈於蓋亞讀樂網。

◎本抽獎回函影印無效。

姓名： ＿＿＿＿＿＿ **出生日期：** 年 月 日 **性別：**□男 □女

聯絡電話： ＿＿＿＿＿＿

E-mail： ＿＿＿＿＿＿

地址：□□□ ＿＿＿＿＿＿

命格名稱：＿＿＿＿＿＿

命格：＿＿＿＿＿＿

存活：＿＿＿＿＿＿

徵兆：＿＿＿＿＿＿

特質：＿＿＿＿＿＿

進化：＿＿＿＿＿＿

關於命格投稿，九把刀會針對讀者的想法創作更完整的設定修改，以符合故事的需要，或九把刀個人愛胡說八道的壞習慣。戰鬥吧！燃燒你的創意！

◎請沿虛線剪開、對摺、裝訂後寄出

GAEA